King Liar und die Zackenwurm-Pandemie

Für Erika

Alf O'Mega

KING LIAR UND DIE ZACKENWURM- PANDEMIE

Bibliografische Information der Deutschen Nationalbibliothek:
Die Deutsche Nationalbibliothek verzeichnet diese Publikation in der
Deutschen Nationalbibliografie; detaillierte bibliografische Daten sind im
Internet über dnb.dnb.de abrufbar.

Umschlaggestaltung, Satz, Herstellung und Verlag:
BoD – Books on Demand, Norderstedt

ISBN: 978-3-7578-5860-5

INHALT

Die Welt lässt sich nicht verbessern, wenn alle blind der Mehrheit folgen. Es braucht Menschen, die den Mut haben, scheinbar Unumstößliches infrage zu stellen, die sich trauen, Autoritäten anzuzweifeln und ihren eigenen Verstand zu gebrauchen.

Mahatma Gandhi

VORWORT

Dies ist ein modernes Märchen. Märchen sind reine Erfindungen des Geistes und haben keinen Anspruch auf die Wahrheit. Manche Märchen basieren auf wahren Gegebenheiten, werden aber fiktiv ausgeschmückt. In fast allen Märchen gibt es Könige und Helden. Könige haben Kronen auf dem Kopf. Das ist ein Klischee! Dieser Text ist voll von Klischees, der kritische und humor-kompetente Leser sollte sie nicht allzu ernst nehmen!

In den Märchen ist von vorherein klar, wer die Bösen und wer die Guten sind. Um die Spannung zu erhöhen, gewinnen die Bösen oft am Anfang, werden am Ende aber von den Guten besiegt. Nach diesem beliebten Schema wurden unzählige Bücher und Filme produziert.

In der Realität ist es nicht immer eindeutig, wer zu den Bösen und wer zu den Guten gehört. Es ist oft nur eine Frage des Standpunkts und der eigenen Meinung. Selten ist jemand nur böse oder nur gut. Die Realität kennt viele Grau-Abstufungen und manchmal wird auch ein Guter später böse, oder ein Böser am Ende gut. Und wenn sie nicht gestorben sind ...

DER KÖNIG UND DER NARR

Es war einmal ein gütiger König. King Liar war der absolute Monarch der Grünen Insel und herrschte über tausende Untertanen. Als Monarch war er in einer Person Gesetzgeber, oberster Richter und Anführer von Polizei und Militär. Diese Staatsform war schon lange nicht mehr modern. Der heutige Standard der Staatsordnung ist die Demokratie mit ihrer »Gewaltenteilung«: Gewählte Volksvertreter formulieren Gesetze, Beamte und Polizei überwachen sie und unabhängige Richter wenden sie an und richten über die Gesetzesbrecher. Dadurch wird politische Willkür verhindert, wenn auch politische Entscheidungen aufgrund endloser Diskussionen entsprechend länger dauern. Das ist natürlich ein Nachteil, wenn Gefahr für das Volk im Verzug ist und nur schnelle Entscheidungen über Leben und Tod die Situation retten können.

Das Problem hatte King Liar nicht. Er dachte sich die nötigen Gesetze selbst aus, natürlich nicht ohne vorher sein Beraterteam, Minister und »Experten«, zu konsultieren.

Er konnte die Gesetze dann auch durchsetzen, notfalls mit Staatsgewalt. Als oberster Richter durfte er Verbrecher und andere unliebsame Personen dann auch rechtskräftig verurteilen und sie in den Kerker werfen, so lange er es für notwendig erachtete.

In der heutigen Demokratie ist das anders. Es gibt eine freie Meinungsäußerung, es gibt eine Pressefreiheit und gerade die unterschiedlichen Ansichten sind es, was die Politik so volksnah und spannend macht. Dafür haben die Menschen über Jahrhunderte gekämpft – Freiheit, das höchste Gut des Individuums in einem modernen demokratischen Staat.

King Liar mochte das alles nicht. Er mochte gefügige Bürger, die seinen Ansichten applaudierten und seinen Befehlen gehorchten. Kritik und Widerworte waren seiner Meinung nach so unwillkommen wie überflüssig. Und seine Berater und Minister hatte er natürlich entsprechend ausgesucht.

King Liar war eine charismatische Persönlichkeit im besten Mannesalter.

Eine grün-goldene Krone thronte auf dem mittellangen gräulich-blonden Haar. Es verlängerte sich in einen struppigen Vollbart, der sein markantes Gesicht mit der knolligen Nase einrahmte. Am liebsten trug er seinen weiten Mantel, der mit dem Saft der grünen Nacktschnecke (oder war es die nackte Grünschnecke?) gefärbt war.

Der Einzige, der ihm so richtig die Meinung sagen durfte, ohne dafür bestraft zu werden, war der Hofnarr Lustix. Er war etwas kleiner, aber etwa gleich alt wie seine Majestät. Neben der obligatorischen, grünen Narrenkappe trug er einen buntgescheckten Overall. Schon seit der Jugend begleitete er den Monarchen. Er kannte alle Schwächen und Laster des Königs, stellte kritisch, aber mehr oder weniger diplomatisch viele der Entscheidungen des Königs in Frage. Dadurch gelang es ihm immer wieder, die eine oder andere Entscheidung noch nachträglich zu verändern. Der König nahm die Worte des Narren sehr ernst, auch wenn das paradox klingen mag. Lustix besaß einen Handspiegel in Eulenform, den er immer mal wieder dem Monarchen vor die Nase halten durfte.

Hofnarr zu werden war nicht leicht. Eine mehrjährige Ausbildung in der Narrenschule mit Witzunterricht, Blödelei, Comictheater, aber auch Grundlagen in Politik, Wirtschaft und Medizin. Wie könnte man etwas durch den Kakao ziehen, wenn man selbst keine Ahnung davon hat? Lustix hatte nicht nur eine harte Ausbildung genossen, er war auch ein Blödel-Naturtalent und hatte etwas, was nur noch wenige Menschen auf den Inseln besaßen – einen »gesunden Menschenverstand«.

King Liar liebte sein Volk. Er war sich seiner Macht, aber auch seiner Verantwortung wohl bewusst. Er führte sein Volk durch Dürre- und Naturkatastrophen, durch Wirtschaftskrisen und Epidemien. Die meisten seiner Untertanen liebten ihren König, sie folgten und respektierten seine gnädige Person und seine weisen Entscheidungen.

Die Grüne Insel lebte schon seit Jahren in Frieden mit den Nachbarinseln. Es gab ausgedehnte wirtschaftliche Beziehungen. Viele große und kleine Schiffe und Boote verkehrten zwischen den Inseln und beförderten Waren, Diplomaten, Arbeitskräfte und Touristen.

INSELTRÄUME

Das Regenbogen-Archipel bestand aus sieben großen Inseln, die sich durch ihre spezifischen Farben voneinander unterschieden und von völlig verschiedenen, diversen Volksstämmen bewohnt waren. Die »Grüne Insel« war die größte der Inselgruppe. Es war eine Insel mit zwei Bergen. Auf dem höchsten Berg stand das Königsschloss, auf dem anderen das nationale Krankenhaus. Gute Politik und gute Gesundheit – das Motto eines empathischen Herrschers.

Es gab viel grünen Wald, grüne Wiesen und grüne Häuser mit begrünten Dächern. Das Meer leuchtete blau-grün und reichte bis an die gelb-grünen Kieselstrände.

Südlich davon lag die »Blaue Insel«. Bläulich glänzende Steine an türkisblauen Lagunen. Hier lebten fröhlich-extrovertierte Menschen, Blautannen wuchsen im Norden und violett-blaue Oliven an knorrigen Bäumen im Süden.

Noch viel weiter Im Süden lag die »Schwarze Insel«. Schwarzes Vulkangestein, schwarze Sandstrände, dunkles Dickicht und Häuser mit schwarzen Dächern. Es war die ärmste Insel des Atolls, aber voll mit wichtigen Rohstoffen. Hier lebten arme, aber offenherzige, lustige, musikalische und kunstbegabte Menschen.

Im Norden lag die »Weiße Insel«. Schneebedeckte Berggipfel mit weißstrahlenden Gletschern und schroffen Fjorden. Es gab nur wenige eher introvertierte Menschen, die sich auf dieser kalten und unwirtlichen Insel wohlfühlten

Nur einige Seemeilen westlich lag die »Orange Insel« mit goldenen Stränden, Orangenhainen und rot-gelben Häusern. Hier lebten seit Jahrhunderten die unterschiedlichsten Volksstämme.

Viel weiter im Westen lag die »Rote Insel«. Roter Sand und rote Felsen, überall rote Blüten, Rotbuchen, Rot-Ahorn und alte Bäume mit roter Rinde und roten Blättern. Die Bewohner waren eine bunte Mischung aus Eingeborenen und Zugewanderten.

Weit im Osten lag die »Gelbe Insel«. Sie war die bevölkerungsdichteste der Inselgruppe, mit einem fleißigen Menschenschlag. Sie war geprägt von gelbem Sandstrand, gelbstrahlenden Dünen und Bergzügen, Bäumen mit gelben Blättern und Häusern mit gelben Dächern.

GEFAHR IM ANZUG

– King Liar, Eure Majestät, es gibt beunruhigende Nachrichten!
Minister Beraterix stolperte in den Thronsaal. Er wirkte blass mit seinem (von den vielen Sorgen) faltendurchfurchtem Gesicht und seinem grünen Jägeranzug.
King Liar war gerade mit wichtigen Papieren beschäftigt und nahm nur unwillig die Augen von seinem Schreibtisch, um dem Störenfried einen fragenden, aber ungeduldigen Blick zuzuwerfen. Hoffentlich hatte er einen guten Grund für die Störung.
– Auf der »Gelben Insel« ist eine neue Krankheit ausgebrochen. Viele Menschen erkranken mit hohem Fieber und Atemnot. Einige sind schon daran gestorben.
– Die Gelbe Insel ist weit weg! Was schert uns das?
– Die dortigen Ärzte meinen, es sei eine neue Art von Würmern, die über die Atemwege in die Lunge kriechen und diese dann allmählich auffressen. Die Kranken husten sich die Lunge aus dem Leib. Dadurch spucken sie den Schleim mit den Würmern in die Umgebung. Menschen, die sich in unmittelbarer Nähe aufhalten, bekommen einige Würmer ebenfalls in die Atemwege. Dadurch stecken sich immer mehr Menschen an.
– Sie werden ja wohl nicht über viele Seemeilen bis zu uns husten?
– Nein, aber wir haben einen regen Handelsaustausch mit der Gelben Insel. Täglich erreichen uns Schiffe mit Waren und den entsprechenden Begleitpersonen. Und Touristen kommen auch aus dem Urlaub zurück. Vielleicht sind ja schon infizierte Personen bei uns und auf den anderen Inseln gelandet?
– Wird schon nicht so schlimm werden! Mache er die Leute nicht unnötig verrückt. Nächste Woche feiern wir erst mal unseren traditionellen Karneval, die Leute wollen sich amüsieren und dann gucken wir weiter. Und jetzt störe er mich nicht mehr bei meinen wichtigen Geschäften.

Aber es sollte alles anders kommen. Wenige Tage später landete ein Schiff von der »Gelben Insel« auf der »Grünen Insel«. Einige der Passagiere waren nicht wirklich krank, hatten aber grünen Schleim in den Bronchien, ein typisches Symptom für eine Infektion mit diesem neuen, atypischen Lungenwurm. Sie wurden zur Beobachtung und zur gründlichen Untersuchung in das Krankenhaus auf dem zweithöchsten Berg eingeliefert. Nach der Untersuchung von Blut, Stuhl, Sputum und Nasensekret und einer prophylaktischen zweiwöchigen Quarantänezeit konnten sie wieder entlassen werden.

– King Liar, Eure Majestät! Es gibt besorgniserregende Neuigkeiten!

Minister Beraterix tänzelte nervös von einem Bein auf das andere, während der König mal wieder gelangweilt von seiner Lektüre aufblickte.

– Die »Blaue Insel« hat es erwischt. Das dortige Krankenhaus ist überfüllt von Kranken mit Fieber, Atemnot und grünem Schleim. Tote werden in Müllsäcken abtransportiert und selbst Ärzte und Krankenschwestern sind schon schwer erkrankt.

Der Minister wischte sich den Schweiß von der Stirn, während der König jetzt schon interessierter aufblickte. Immerhin war die Blaue Insel ja nur ein paar Seemeilen entfernt. Und immer wieder legten Schiffe von dort hier an.

– Auch auf unserer Insel sind die ersten Fälle aufgetreten. Einige Menschen, die zusammen Karneval gefeiert haben, sind jetzt erkrankt. Und unser Krankenhaus läuft auch bald voll ...

Der König sprang jetzt beunruhigt auf. Ein solches Szenario wie auf der Blauen Insel wollte er auf keinen Fall hier im grünen Paradies.

– Rufe er mir die besten und wichtigsten Berater, Wissenschaftler und Ärzte zusammen. Wir versammeln uns morgen um 10 Uhr hier im Thronsaal.

Am nächsten Morgen hatte Minister Beraterix alle Experten, die er für wichtig und kompetent hielt, zusammengetrommelt.

Die Teilnehmer saßen am großen, runden, grünen Tisch – wie einst die Ritter der Tafelrunde. King Liar residierte auf seinem grün-goldenen Sessel und sah mit ernster Miene in die Runde.

– Dr. Trosterix, können Sie die augenblickliche Lage für uns medizinische Laien in ein paar Sätzen zusammenfassen? Was wissen wir über die Krankheit, den Erreger und die Infektionswege?

Dr. Trosterix war der relativ junge, jedoch sehr erfahrene Chef der

Infektionsabteilung der »Klinik auf dem Berg«. Ein richtiger Sunny-Boy mit grünem Forscherkittel und grüner Hose. Er setzte eine ernste Miene auf und antwortete:

– Leider bisher noch relativ wenig. Ich stütze mich auf Beobachtungen und vorläufigen Forschungsergebnissen von den bisher am meisten Betroffenen Gebieten, der Gelben und der Blauen Insel, sowie der Ärzte aus unserem eigenen Land.

Der Erreger ist eine neue Gattung – wahrscheinlich eine Mutation – aus der bekannten Gruppe der Kronenzackenwürmer. Diese Wurmart hat kleine Zacken auf dem Körper. Sie ist seit Jahrzehnten bekannt und löste in der Vergangenheit eher milde, grippeähnliche Symptome aus. Die neue Variante ist wesentlich virulenter und greift in erster Linie die Lunge an. Die Infektion kann zu einer Zerstörung der Lunge führen. Dadurch leiden die Infizierten zunächst an Hustenattacken und in fortgeschrittenem Stadium an Atemnot. Einige Patienten konnten nur dadurch gerettet werden, dass man ihnen mit einem speziellen Blasebalg Luft in die Lungen blies. Trotzdem stirbt etwa die Hälfte der Patienten an Atemnot.

Der Wurm scheint bei einigen Patienten auch das Nervensystem anzugreifen. Vor allem den Riechnerven. Die Betroffenen berichten, dass alles nur noch nach Fäkalien riecht, selbst die köstlichsten Speisen.

Alle Anwesenden verzogen das Gesicht. Manche juckten sich die Nase, andere rochen unauffällig an ihrer Tasse Tee und dachten vielleicht: Lieber tot als nur noch Scheiße riechen!

King Liar ergriff wieder das Wort:

– Woher kommt diese neue Wurmart?

– Das ist nicht ganz klar. Die Krankheit ist wohl zuerst auf der »Gelben Insel« ausgebrochen. Die dortige Regierung hält sich da sehr bedeckt. Einige Wissenschaftler vermuten eine Übertragung von Tieren, möglicherweise von essbaren Wildtieren, die über die Märkte verbreitet wurden ...

Der Hofnarr Lustix hatte schon lange auf eine Gelegenheit gewartet endlich das Wort zu ergreifen.

– Die Bewohner der Gelben Insel fressen aber auch alles!

Ich habe aber auch von einer anderen Theorie gehört: ein mutierter Wurm soll von einem professionellen Züchter entlaufen sein ...

Dr. Trosterix nickte:

– Die Wahrheit werden wir wahrscheinlich nie herausbekommen. Keiner will die Schuld an einer solchen sich ausbreitenden Katastrophe tragen.

King Liar wurde immer neugieriger.

– Und wie breiten sich die Würmer aus? Wie steckt man sich an?

Dr. Trosterix ergriff wieder das Wort:

– Nach unseren bisherigen Erkenntnissen läuft der Hauptausbreitungsweg über die Atemwege. Der Infizierte hustet den grünen Schleim mit den Zackenwürmern in die Luft. Menschen, die sich in unmittelbarer Nähe aufhalten, bekommen ebenfalls ein paar Würmer in die Atemwege und entwickeln dann ihrerseits die Krankheit. Diese stecken die nächsten an und dann geht es weiter reihum.

Der König fragte beunruhigt:

– Stecken sich alle Menschen an?

Dr. Trosterix antwortete:

– Nach den bisherigen Beobachtungen stecken sich insbesondere sehr alte Menschen oder Menschen mit vielen schweren Vorerkrankungen an. Die meisten Todesfälle sind aus dieser Gruppe. Das liegt wohl daran, dass bei diesen Menschen das körpereigene Abwehrsystem geschwächt ist.

King Liar trommelte nervös mit den Fingern auf dem Tisch. Er hatte nicht Medizin studiert, wollte aber das Geschehen verstehen.

– Wie funktioniert das »körpereigene Abwehrsystem«?

KÖRPEREIGENES ABWEHRSYSTEM

Professor Virulix erhob sich. Er war Chefarzt und leitender Forscher der Abteilung »Wurmologie« in der Universitätsklinik und hatte viel Erfahrung mit früheren Epidemien. Er hatte auch das Standardwerk »Grundlagen der modernen Wurmologie« und speziell für interessierte Laien das populärwissenschaftliche Buch »Der Wurm in mir« verfasst. Er war bei seinen Studenten sehr beliebt, weil er auch schwierige Zusammenhänge mit einfachen Worten erklären konnte.

– Die Natur hat bei allen höheren Lebewesen – auch beim Menschen – ein sehr komplexes System entwickelt, welches uns vor dem Angriff von Krankheitskeimen von außen schützt. Wir nennen es »Abwehrsystem« oder auch »Immunsystem«, weil es den Körper »immun« gegen solche »bösen« Erreger machen soll. Es ist nicht an ein bestimmtes Organ gebunden, sondern im ganzen Körper verteilt. Im Mikroskop sehen wir im Blut viele rote und einige weiße Blutkörperchen. Während die roten Blutkörperchen Sauerstoff zu allen Körperzellen transportieren, sind die beweglichen, weißen Blutkörperchen Teil unseres Immunsystems, eine Verteidigungsarmee sozusagen. Sie werden zwar über den Blutkreislauf im ganzen Körper verteilt, finden sich aber in allen Geweben und damit auch in vielen Organen. Besonders viele finden wir in Lymphknoten, im Knochenmark, in der Milz und bei kleinen Kindern auch in der Thymusdrüse hinter dem Brustbein.

Dem König waren die Erklärungen nicht schnell genug.

– Was passiert denn genau, wenn ein Krankheitserreger wie ein pathogener Wurm in den Körper eindringt?

Professor Virulix setze seine Nickelbrille wieder gerade auf die spitze Nase und fuhr fort:

– Zunächst braucht es im Körper eine »Eintrittspforte«. Das können die Atemwege sein, aber auch der Magen-Darmtrakt, manche Eindringlinge können auch die Haut durchbohren oder sie gelangen über offene Wunden in den Körper.

– Und beim Zackenwurm? wollte King Liar wissen.

– Beim Zackenwurm, wie bei den meisten anderen Krankheitserregern, die »grippale« Symptome hervorrufen, ist die Eintrittspforte die Schleimhaut von Mund und Nase.

Wenn ein Infizierter einen Gesunden anhustet, landen die Würmer auf dem ganzen Körper: im Gesicht einschließlich Mund und Nase, aber auch auf den Händen, Brust, Bauch ...

Durch die Haut kann der Zackenwurm nicht hindurchdringen, aber auf den Schleimhäuten greift er die Zellen an und will sie zerstören. Aber der Regent des Körpers hat eine erste Armee von mikroskopischen Abwehrsoldaten der Abteilung »A« auf den Schleimhäuten stationiert. Sie greifen die Fremdlinge sofort an, werfen Speere, sogenannte »A-Antikörper« auf diese, damit sie sofort vernichtet werden. Wenn es klappt, ist der Krieg beim ersten Scharmützel schon gewonnen.

Der König freute sich:

– Und der Angriff, die Infektion ist damit abgewehrt? Der Patient wird nicht krank?

Der Professor bestätigte:

– Genau! Wenn die Krankheitserreger aber besonders stark sind oder wenn die Angreifer besonders zahlreich sind, kann die erste Abwehrlinie zusammenbrechen. Der Krankheitserreger gelangt tiefer in den Körper, in die Bronchien, die Lunge, vielleicht sogar in die Lymphknoten und schlimmstenfalls in die Blutbahn. Und über die Blutbahn können prinzipiell alle anderen Organe infiziert werden.

Der König freute sich nicht mehr und blickte beunruhigt in die Runde:

– Jetzt werden alle Organe von den Würmern zerfressen und der Mensch stirbt?

Virulix machte eine abwehrende Handbewegung:

– Nicht so schnell! Jetzt wird die zweite Abteilung der Abwehrarmee aktiviert. Jetzt kommen die eben beschriebenen, beweglichen, weißen Blutkörperchen ins Spiel. Aus allen Geweben werden diese Abwehrzellen an den Ort des Angriffs, in unserem Falle Richtung Atemwege, geschickt, um die eingedrungenen Fremdlinge zu bekämpfen. Eine Infanterie von dafür spezialisierten, weißen Blutkörperchen-Soldaten produziert Waffen wie Speere und Pfeile (wir nennen sie »Antikörper«) und schleudern sie dem Angreifer entgegen. Die Bodentruppen der T-Soldaten (benannt nach ihrem

Ausbildungsort, dem »Thymus«) stürzen sich in den Nahkampf und töten die Eindringlinge unter Einsatz und manchmal Opfer des eigenen Lebens. Auch General Defendix, der Kriegsminister und oberster Heerführer, gehörte zum Beraterteam des Königs und hatte aufmerksam zugehört. Ihm fiel bei solchen Beschreibungen fast seine dunkelgrüne Pickelhaube vom Kopf. Seinen nicht mehr ganz so sportlichen Körper zierte eine olivgrüne Uniform mit viel goldenen Dekorationen und Lametta. Bei der bildhaften Beschreibung der körpereigenen Schlacht schluckte er und dachte an die eigene Armee mit seinen tapferen Soldaten, die seit Jahrhunderten die Grüne Insel vor Angreifern verteidigten. Aber jetzt herrschte schon seit Jahrzehnten Frieden zwischen den Inseln. Jetzt hatte auch er eine Frage:

– Ist das die Infektion? Ist das die Krankheit?

Prof. Virulix fuhr fort:

– Infektion und Krankheit sind nicht das Gleiche! Bei der Infektion breitet sich der Erreger sich auf den Schleimhäuten aus! Der Anmarsch der Verteidigungstruppen braucht etwas Zeit! In dieser Zeit ist nach unserer Definition der Körper »infiziert«. Der Patient zeigt zwar noch keine Krankheitssymptome, kann aber schon andere Menschen anstecken. Man nennt diese Phase die »Inkubationszeit«. Diese Zeit ist bei den verschiedenen Krankheitserregern sehr unterschiedlich. Es kann von wenigen Stunden bis zu mehreren Tagen oder sogar Wochen dauern.

Der General war verwirrt:

– Das heißt, man ist infiziert, ohne dass man etwas merkt, kann aber andere schon anstecken?

Und nach der Infektion wird man krank?

Der Professor korrigierte:

Nicht unbedingt! Ist die Verteidigungsarmee rechtzeitig zur Stelle und alle Waffensysteme sind einsatzbereit, kann das Immunsystem die Eindringlinge vernichten, bevor die eigentliche Krankheit auftritt.

– Sehr kompliziert, bemerkte der König, dem die Erklärungen offenbar nicht schnell genug gingen. Jetzt fragte er:

– Wenn ich es richtig verstanden habe, dann ist ein Erregerkontakt noch keine Infektion, eine Infektion noch keine Krankheit und trotzdem kann man andere anstecken? Blöde Situation!

Prof. Virulix konnte sich trotz des Ernstes der Situation ein Lächeln nicht verkneifen.

– Diese »blöde« Situation ist eigentlich unser normales Leben. Tagtäglich werden wir von hunderten von Erregern aus unserer Umgebung angegriffen. Unser Abwehrsystem ist ununterbrochen im Einsatz. Und das ist auch gut so! Nur durch dauerndes Training bleibt die Kampfkraft erhalten. Und das alles passiert, ohne dass wir etwas davon merken.

Gelingt es den Erregern aufgrund ihrer Stärke – wir nennen das »Virulenz« und/oder seiner Überzahl die zweite Verteidigungsbarriere zu durchbrechen, kann sich der Erreger im Körper verbreiten, sich vermehren und die inneren Organe schädigen.

Der General machte ein verkniffenes Gesicht:

– Und dann hat der Körper die Schlacht verloren und die Krankheit hat gesiegt?

Prof. Virulix kam jetzt so richtig in Fahrt:

– So schnell gibt unser Körper nicht auf. Jetzt mobilisiert er die dritte Verteidigungswelle. Immer mehr Soldaten werden rekrutiert und immer mehr Antikörper-Waffen produziert. Der Krieg ist nun in vollem Gange. Jetzt werden noch weitere Geheimwaffen eingesetzt. Die Körpertemperatur wird hochgefahren, weil viele Erreger wie Viren und Parasiten die Hitze gar nicht vertragen. Wir spüren das als Fieber! Die Schleimhäute produzieren vermehrt Schleim, müllen die Erreger, z.B die Würmer, damit ein und über ein paar Reflexe wird der infizierte Schleim explosionsartig nach draußen befördert: über die Nase mit »Niesen« und über den Mund mit »Husten«. Der Kampf verbraucht viel Energie, der Kranke fühlt sich schlapp und müde. Ruhe ist jetzt die erste Medizin.

General Defendix stand auf und salutierte:

– Ein Kampf um Leben und Tod! Jetzt gewinnt entweder der Mensch oder der Wurm!

Der Professor beschwichtigte ihn:

– Es ist eigentlich nicht im Sinne des Erregers den Wirtsorganismus zu töten, denn dann hätte er sich ja selbst ausgetrickst, weil er und seine Nachkommen selbst irgendwann verenden. Es ist viel interessanter, wenn der Körper so richtig schön krank wird, der Erreger sich eine Zeit lang vermehren und dann über den herausbeförderten Schleim den nächsten Menschen anstecken kann.

Der General dachte nach:

– Und wenn der gleiche Wurm den Körper später noch einmal angreift?

Hat er nicht bessere Chancen, weil der Körper vom früheren Kampf noch geschwächt ist?

Aber der Professor beruhigte ihn:

– Im Gegenteil! Unser Abwehrsystem hat ein »Gedächtnis«. Die Soldaten merken sofort beim folgenden Kontakt: den kennen wir doch, wir kennen seine Strategie und seine Schwachstellen. Die richtigen Antikörperwaffen sind noch auf Lager oder können schnell nachproduziert werden und selbst die T-Nahkampfsoldaten können viel effektiver eingesetzt werden. Dadurch kann zwar nicht der Angriff und die Infektion verhindert werden. Aber der Ausbruch der Krankheit kann verhindert oder abgeschwächt werden.

Jetzt mischte sich King Liar wieder ins Gespräch ein:

– Dann ist es eigentlich gut, wenn man möglichst viele Infektionen bekommt? Dann lernt das Abwehrsystem und wird mit der Zeit immer stärker.

Dr. Medicix, der Haus- und Leibarzt seiner Majestät, unbestrittene Autorität und Halbgott in Grün, bestätigte aus seiner Erfahrung:

– Was meint Ihr, warum kleine Kinder so oft krank werden? Das Abwehrsystem wird so gestärkt und kann Krankheiten besser bekämpfen. Im Laufe des Lebens und vor allem im Greisenalter lässt nicht nur die Kraft der Muskeln und die Funktion aller Körperorgane nach, sondern auch die Effektivität der Abwehrtruppe. Auch Menschen, die durch andere Krankheiten zusätzlich geschwächt wurden, kommen gegen eine Überzahl von Wurmangriffen nicht mehr an. Alte und chronisch Kranke Menschen werden deshalb schneller und schwerer krank. Auch die Gefahr, an der Krankheit zu sterben, wird dadurch erhöht.

Dr. Leiserix, der Gesundheitsminister, meldete sich jetzt zu Wort. Er war klein und schmächtig, trug eine runde Nickelbrille und zupfte seine grüne Krawatte zurecht. Immerhin hatte er früher einmal Medizin studiert. Ihm fehlte allerdings die Praxis, aber in der Theorie war er einigermaßen gut und das reichte für einen Ministerposten.

– Jetzt verstehe ich auch, warum vor allem sehr alte und sehr kranke Menschen durch den Zackenwurm gefährdet sind. Ihr ohnehin schon abgeschwächtes Immunsystem kann dem Würmerangriff nichts entgegensetzen.

Dr. Trosterix nickte zustimmend und Dr.Leiserix fuhr fort:

– Fassen wir zusammen: Auf der einen Seite haben wir die Gefährlichkeit

(Virulenz) und die Anzahl der Würmer, auf der anderen Seite die Abwehrschwäche der Menschen. Damit steht unsere Strategie fest:

1.Gegen die Gefährlichkeit des Erregers entwickeln wir Medikamente

2.Zur Reduzierung der Erregerzahl muss der Abstand zwischen den Menschen vergrößert werden.

3.Die Abwehrkraft der Menschen muss verbessert werden.

Dr. Trosterix meldete Bedenken an:

– Das ist gar nicht so einfach, Herr Kollege.

1.Wir können natürlich die bereits vorhandenen Medikamente ausprobieren. Wurmmittel gibt es ja zu genüge. Ich weiß nur nicht, ob sie auch gegen den Zackenwurm helfen. Die Entwicklung neuer Medikamente kann Jahre dauern. Bis dahin kann die Menschheit schon ausgestorben sein.

2.Die Reduzierung der Erregerzahl lässt sich leicht und kurzfristig umsetzen: wir brauchen »Kontaktbeschränkungen«! Husten und Niesen nur noch in Taschentücher oder in die Armbeuge. Mindestabstand von 1-2 Metern zwischen den Menschen, vor allem in Innenräumen. Dazu eine Maske, ein Mund-Nasenschutz, der einen Großteil der herausgeschleuderten Würmer zurückhält.

3.Wir sollten die Menschen über Maßnahmen informieren, die erwiesenermaßen unspezifisch das Abwehrsystem verbessern: gesunde Ernährung, größere Trinkmenge, ausreichender Schlaf, Sport und Bewegung, Hausmittel wie Kräutertee und Vitamine und – ganz wichtig – eine positive, optimistische Lebenseinstellung. Der Zusammenhang zwischen Psyche und Immunsystem ist inzwischen bewiesen.

– Damit kann man aber kein Geld verdienen! lachte Eurix, der Finanzminister und lächelte in die Runde, um zu verstehen zu geben, dass er damit einen lustigen Witz gemacht hätte. Doch selbst der Hofnarr konnte nicht darüber lachen. Doch Leiserix verstand den Finanzminister und fuhr fort:

– Es gibt noch eine weitere Möglichkeit, dass Abwehrsystem der Menschen zu stärken – spezifisch gegen einen bekannten Erreger: die »Impfung«! Das wäre auch lukrativer und brächte Dukaten in die Staatskasse!

King Liar stutzte.

– Habe ich schon von gehört. Wie funktioniert das noch mal?

Dr. Trosterix erklärte:

– Man isoliert die Krankheitserreger und vergiftet sie. Dann sind sie krank

oder tot und können keinen Schaden mehr anrichten. Dann werden sie noch mit einigen Chemikalien gemischt und dann dem Patienten gespritzt.
Dem König fuhr ein Schauer über den Rücken:
– Mit dem Gift und den Chemikalien?
Dr. Trosterix fuhr fort:
– Im Körper können die geschwächten Erreger keine Infektion und keine Krankheit mehr hervorrufen. Die Abwehrtruppe erkennt sie trotzdem als fremde Eindringlinge und setzt die gesamte Abwehrkaskade in Gang, von der Produktion von Antikörper-Waffen bis zur Schulung der T-Nahkampf-Elitesoldaten.
König Liar verstand nicht ganz:
– Und wozu soll das gut sein?
Dr. Trosterix erhob mahnend den Zeigefinger:
– Für das »Abwehr-Gedächtnis«! Wenn nach der Impfung tatsächlich eine erste, zweite oder dritte Angriffswelle erfolgt, steht die Truppe mit scharfen Waffen bereit und kann den Angreifer viel schneller und effektiver bekämpfen.
Jetzt wusste auch Lustix der Hofnarr etwas zu berichten.
– Ich habe gehört, dass die Herstellung von Impfstoffen bei dieser Wurmart sehr schwierig sein würde.
Der König stand auf und verkündete feierlich:
– Danke, dass Ihr gekommen seid und danke für die kompetente Beratung. Jetzt schickt meine Herolde ins Land hinaus und sie sollen allen Menschen verkünden: »Ein gefährlicher Zackenwurm ist auf unserer Insel angekommen. Er wird viele Menschen krank machen und töten. Um die Übertragung des Wurms zu verhindern sollen alle Menschen Abstand voneinander halten, sich nicht ins Gesicht niesen oder husten und einen Schal vor dem Gesicht tragen. Und Ihr lieben Berater und Experten beobachtet die Entwicklung. Ich möchte über jede neue Erkenntnis umgehend informiert werden, damit ich rechtzeitig über weiterführende Maßnahmen entscheiden kann.
Dr. Trosterix meldete sich:
– Eure Majestät! Bitte weisen Sie die Bevölkerung auf die Gefährlichkeit und Dringlichkeit der Maßnahmen hin. Ich befürchte sonst, dass viele die Anordnungen nicht beachten werden. Aus meiner Erfahrung aus früheren Epidemien befürchte ich, dass wir in wenigen Wochen hunderttausende

Infektionen und tausende Tote zu beklagen haben. Und das Gesundheitssystem wird überlastet und zusammenbrechen.

King Liar wollte eigentlich die Menschen beruhigen. Sowas machen in der Regel Staatsoberhäupter, um die Bevölkerung nicht in Panik zu versetzen. Es sei denn, man will die Panik absichtlich schüren. Das kann auch Vorteile haben, vor allem, wenn man Gehorsam erwartet ...

Der König sprach:

– Na mal nicht so negativ, lieber Panik-Trosterix! Na gut! Sagt den Herolden, sie sollen ein wenig übertreiben oder – noch besser – sie sollen die düstere Prognose vom Experten Dr. Trosterix in den schillerndsten Farben darstellen. Sozusagen als Vorstufe zum Weltuntergang. Wir müssen dem Volk etwas Angst einjagen! Nur so werden sie unseren Anordnungen Folge leisten!

EIN BLAUES WUNDER (IST NICHT GESCHEHEN)

Der Gesundheitsminister Azurix der Blauen Insel, geschickt von König Pizzo, war mit dem Schnellboot angereist und bat bei King Liar um Audienz. Er war vollschlank, trug einen schicken blauen Anzug und wirkte nervös. Neben King Liar waren auch Queen Greeny, Dr.Trosterix, Dr. Leiserix und der Hofnarr Lustix anwesend. Azurix wischte sich den Schweiß von der Stirn und berichtete:

– Auf der Blauen Insel ist das Chaos ausgebrochen. Die Medien zeigen beunruhigende Bilder. Jeder, der niest oder hustet, geht nicht etwa zum Hausarzt, sondern aufgrund der postulierten Lebensgefahr direkt ins Krankenhaus. Dort steht, sitzt oder liegt man zwischen den blau getünchten Wänden und nimmt am allgemeinen Erregerschleudern teil, umgeben von hunderten von Gleichgesinnten. Diejenigen, die mit einem normalen, grippalen Infekt kamen, haben sich nach kurzer Zeit bei irgendjemand an der Zackenwurm-Infektion angesteckt. Diejenigen, die nur eine leichte Zackenwurm-Infektion hatten, holten sich in den schlecht gelüfteten, geschlossenen Räumen ohne Sicherheitsabstand noch eine zusätzliche Portion Würmer. Solange, bis die Gesamtmenge ausreichte, um das tapfer kämpfende Immunsystem platt zu machen und den Betroffenen zu Krankheit und Siechtum zu verhelfen.

Azurix war sichtlich aufgeregt und völlig aus der Puste:

– Der Sauerstoffmangel durch die angegriffenen, geschwächten Lungen führt bei vielen Betroffenen zu einer zunehmenden Atemnot mit Blaufärbung von Haut und Schleimhäuten, so dass sie leider dem Namen unserer Insel alle Ehre machen.

Innerhalb weniger Tage waren die Krankenhäuser der Insel überfüllt. Das Gesundheitssystem steht vor dem Kollaps. Die weniger blau gefärbten Patienten werden symptomatisch behandelt, bekommen Hustensaft, diverse versuchsweise eingesetzte Medikamente und Sauerstoff aus der Dose – solange der Vorrat reicht. Die ganz blauen kommen auf die Intensivstation und werden teilweise beatmet. Aber es gibt zu wenig Intensivbetten und zu wenig Beatmungsgeräte. Trotzdem stirbt ein nicht unerheblicher Teil von ihnen.

Lusterix hatte aufmerksam zugehört und unterbrach ihn:

– Nicht »trotzdem«, sondern »deswegen«! Manche Wissenschaftler behaupten, dass die Beatmung gar nicht so gut sei …

Azurix ließ sich in seinem Redeschwall nicht bremsen und fuhr fort:

– Es gibt sogar zu wenig Schutzmasken für Mund und Nase. Und Abstand halten funktioniert bei der Intensivpflege schon mal gar nicht. Also infizieren sich auch Krankenschwestern, Pfleger, Ärztinnen und Ärzte an der Zackenwurm-Infektion und einigen kostete ihr heroischer Einsatz bereits das Leben. Der zunehmende Mangel an medizinischem Personal verschärft die Situation zusätzlich.

Der Bevölkerung wird der gefährliche und teilweise frustrane Einsatz des medizinischen Personals zunehmend bewusster. Zur Anerkennung derer Leistungen und vielleicht auch ein wenig zur eigenen Ablenkung stehen sie abends auf ihren Balkonen und Terrassen, klatschen Beifall und trällern den neuen »Helden der Insel« ein Liedchen.

King Liar und sein Beraterteam hatten aufmerksam zugehört und dachten bei sich mit Sorge: Bloß nicht sowas bei uns!

ZWEI WOCHEN SPÄTER – QUARANTÄNE UND TEST

Aufgrund der sich jetzt zuspitzenden Lage hatte King Liar eine erneute Roundtable-Versammlung am grünen Tisch im Schloss der grünen Insel einberufen. Nach den allgemeinen Begrüßungsfloskeln erteilte der König Dr. Trosterix das Wort. Der Bericht zur Lage der Nation:

– Zuerst die negative Nachricht: Die Zahl der Infektionen nimmt zu, auch unser Krankenhaus füllt sich mit Zackenwurm-Patienten und immer mehr Menschen sterben an der Krankheit. Alle infizierten Patienten sollten unter Quarantäne gestellt werden: die leichten Fälle zu Hause, die schweren Fälle auf Infektionsabteilungen im Krankenhaus!

Quarantäne war dem König und allen Anwesenden nicht unbekannt. Früher mussten Schiffe von fernen Inseln erst mal 40 Tage (40 = quaranta) vor dem Hafen ankern und wenn in dieser Zeit keiner der Seeleute krank wurde und das Einschleppen einer schlimmen Seuche nahezu ausgeschlossen war, durften sie an Land. Deshalb fragte der König:

– Quarantäne, wie lange?

Dr. Trosterix überlegte kurz:

– Aufgrund der Inkubationszeit und des Krankheitsverlaufes sollten 2 Wochen ausreichen, vielleicht können wir sie später nach ausreichender Erfahrung auf 10 oder sogar 5 Tage reduzieren.

Und jetzt die positive Nachricht: Wir haben einen Test entwickelt, mit dem wir die Zackenwurm-Krankheit (kurz ZWK) von anderen Erkältungskrankheiten und grippalen Infekten unterscheiden können.

Außerdem möchten wir eine Art der Zählung vorschlagen, mit der wir den Verlauf der Erkrankung in der Bevölkerung messen und beurteilen können. Denn davon hängt ja die weitere Vorgehensweise ab!

– Wie sieht denn der Test aus?, will der König wissen.

Dr. Trosterix erklärte:

– Wir haben festgestellt, dass ZWK-Patienten einen spezifischen, dunkel-grünen Schleim in Nase und Rachen ansammeln. Wir machen einen Abstrich mit einem Wattestäbchen aus Nase und Mund. Wir streichen den Schleim aus und geben ein von uns entwickeltes Mineralpulver hinzu. Nach etwa einem Tag fluoresziert der Schleim in einem dunkelgrünen Leuchten, was das Vorhandensein von Zackenwurm-Information anzeigt!

Der König horchte auf:

– Hört sich gut an! Und wie sicher ist der Test?

Trosterix antwortete:

– Nach unseren bisherigen Beobachtungen liegt die Trefferquote bei etwa 95%!

Lustix gab zu bedenken:

– Das bedeutet, dass 5% der Getesteten negativ sind und trotzdem mit dem Zackenwurm infiziert sind und andere anstecken können. Oder sie haben einen positiven Test und sind gar nicht infiziert. Dann sind Quarantäne und andere Einschränkungen völlig umsonst!

Dr. Trosterix wies den Hofnarren in die Schranken:

– Leider gibt es in der Medizin nichts Hundertprozentiges. Sie ist keine exakte Wissenschaft wie Physik oder Chemie! Wir müssen mit einem Unsicherheitsfaktor leben. Natürlich ist da ein Problem für die falsch negativen oder falsch positiven Patienten. Aber immerhin liegen wir bei 95% richtig und das reicht uns für gesundheitspolitische Entscheidungen.

King Liar wirkte nachdenklich:

– Selbst wenn wir die Produktion der Testmaterialen jetzt sofort starten, wird es eine Zeitlang dauern, bis wir alle Verdachtsfälle getestet haben und dann dauert es noch 4-5 Tage bis das Ergebnis vorliegt. Wer zählt überhaupt als Verdachtsfall?

Leiserix, der Gesundheitsminister, ergriff jetzt das Wort:

– Auch darüber haben wir uns bereits Gedanken gemacht. Wir schlagen vor, einen Verdachtsfall wie folgt zu definieren:

1. Es muss Kontakt zu einem nachgewiesenen Zackenwurm-Erkrankten bestanden haben

2. Dieser Kontakt muss in geschlossenen Räumen, ohne Mund-Nasenschutz, näher als 1m und länger als 15 Minuten erfolgt sein.

– Wenn alle diese Kriterien vorliegen, wird ein Nasen- oder Mundabstrich gemacht und im Labor getestet. Solange muss der Verdächtige in Quarantäne.

Sollte der Test positiv ausfallen, wird die Quarantäne auf mindestens 10 Tage verlängert und erst beendet, wenn der dann durchgeführte Test auch negativ ist. Das gleiche gilt auch für alle direkten Kontaktpersonen.

Lustix hatte aufmerksam zugehört:

– Das heißt im Umkehrschluss: Wenn ich mich einem Erkrankten in einem geschlossenen Raum nicht auf weniger als 1m über 15 Minuten genähert habe, ist die Wahrscheinlichkeit, mich infiziert zu haben, eher gering. Ich brauche keine Isolation und darf meiner gewöhnten Tätigkeit nachgehen?

– Genau! rief der König begeistert und wandte sich wieder an Dr. Trosterix:

– Dann sorgen Sie dafür, dass so viele Tests wie möglich produziert werden. Verteilen Sie die Tests an alle Labore der Grünen Insel. Zunächst sollen alle Kranken getestet werden, dann die Kontaktpersonen, die Verdachtsfälle und später – wenn genügend Tests vorhanden sind – auch alle anderen Menschen. Die Kosten übernehmen die Krankenkassen oder notfalls auch der Staat.

King Liar warf einen vielversprechenden Blick hinüber zu Leiserix, dem Gesundheitsminister, und Eurix, dem Finanzminister.

KOMPLIZIERTE ZAHLEN

Dann fragte der König weiter:

– Und wie war das mit dem Krankenzählen?

Dr. Leiserix erläuterte:

– Auf der Grünen Insel gibt es zurzeit 100 Infizierte, die unser Test erkannt hat. Davon sind 20 krank. Davon sind 10 so schwer krank, dass sie im Krankenhaus behandelt werden müssen, 4 liegen am Luftblasebalg und 2 sind gestorben.

Auf der Gelben Insel gibt es 200 Infizierte, auf der Blauen Insel 50, auf der Roten Insel 150, auf ...

– Moment mal, rief Statistix, der Hofmathematiker. Er war blaß, groß und dürr und wirkte irgendwie vergeistigt.

– Die Gelbe Insel hat viel mehr Einwohner als wir und die Blaue Insel viel weniger. Wir müssen die Zahl der Infizierten in Relation zur Zahl der Einwohner setzen!

– Genau, bestätigte Dr. Trosterix und fuhr fort:

– Deshalb sollten wir mit einer »Größe« arbeiten, die vergleichbar ist. Wir rechnen aus, wie hoch die Zahl der Infizierten bei einer hypothetischen Einwohnerzahl von 100.000 wäre. Wir nennen diese Zahl dann »Inzidenz«. Das heißt für uns auf der Grünen Insel: 100 Infizierte von 10.000 Einwohnern entsprächen hypothetischen 1000 Infizierten bei angenommenen 100.000 Einwohnern. Die Inzidenz der Grünen Insel wäre damit »1000«. Obwohl die Gelbe Insel mehr Infizierte (200) hat, liegt bei einer Einwohnerzahl von 50.000 die Inzidenz nur bei 400/100.000. Das macht »400«. Damit liegen sie statistisch besser als wir. Die Blaue Insel hat »nur« 50 Infizierte, was allerdings bei einer Einwohnerzahl von nur 5000 eine Inzidenz von 2000/100.000 macht. Das macht eine Inzidenz von »2000« und somit liegen sie schlechter als wir!

Der Hofnarr Lustix hatte mitgerechnet und warf ein:

– Die kleine hellgrüne Nebeninsel mit dem Leuchtturm hat nur 10

Einwohner. Wenn einer davon sich infiziert, liegt dort die Inzidenz bei 10.000. Wird der Kranke gesund oder verstirbt, sinkt die Inzidenz sofort auf »0«.

King Liar stand auf und verdrehte die Augen, die Zahlen schwirrten in einer chaotischen Wolke durch seine Hirnwindungen, als er fragte:

– Muss ich das verstehen?

Dr. Leiserix: Nein, nein, Eure Majestät! Dafür haben Sie je Ihre Experten!

Der König setzte sich wieder und fragte weiter:

– Und ab welcher Inzidenz ist es nicht mehr gefährlich? Wo liegt unser Ziel?

Dr. Trosterix erwiderte:

– Wir müssen unter eine Inzidenz von 100 kommen, noch besser wäre unter 50!

Lustix fragte etwas sarkastisch:

– Und wie kommen Sie auf diese Zahlen? Gibt es Studien?

Dr. Trosterix guckte etwas verlegen an die Decke:

– Die Zahlen haben meine Mitarbeiter und ich sich ausgedacht, ääh ... ausgerechnet. Aufgrund unserer Erfahrungen ...

Statistix meldete sich wieder:

– Man muss die Zahl der positiv Getesteten natürlich auch in Relation zur Anzahl der durchgeführten Tests setzen. Wenn ich 100 Menschen teste und habe 10 positive, dann ist das etwas anderes als wenn ich 10.000 Menschen teste und davon sind 10 positiv.

– Das geht nicht!, widersprach Trosterix.

– Getestet wird im Krankenhaus, in Praxen und vielen anderen Einrichtungen. Gemeldet ans Gesundheitsamt werden nur die positiven Tests. Wir haben keinen Überblick darüber, wieviel Tests insgesamt durchgeführt wurden.

Statistix war verwirrt.

– Dann repräsentieren diese Inzidenz-Zahlen aber überhaupt nicht den tatsächlichen Gesundheitstand in der Bevölkerung. Mit den absoluten Zahlen kann man gar nichts beweisen!

Beraterix , der ebenfalls anwesende hagere Berater seiner Majestät, hatte aufmerksam zugehört und erinnerte sich daran, was Dr. Trosterix vor zwei Wochen über das Immunsystem berichtet hatte.

– Die Anzahl der Infizierten mag eine interessante Größe sein. Interessanter wäre es zu wissen, wieviel von den Infizierten tatsächlich erkranken, wieviel der Erkrankten tatsächlich schwer erkranken, wieviel der schwer Erkrankten ins Krankenhaus müssen und wieviel der schwer Erkrankten dann sterben.

King Liar fragte in die Expertenrunde:

– Gibt es Erfahrungen darüber?

Betretsames Schweigen! Alle Experten schauten sich gegenseitig an und zuckten die Schultern.

Dr. Trosterix ergriff schließlich wieder das Wort.

– Wir haben noch keine verwertbaren Statistiken. Die bisherige Erfahrung hat jedoch gezeigt, dass über 90% der Infizierten keine oder nur geringe Erkältungssymptome zeigen, etwa 10% schwerer erkranken, weniger als 1% ins Krankenhaus müssen und noch weniger an der Krankheit sterben.

Beraterix ergänzte:

– Und diejenigen, die ins Krankenhaus müssen oder sterben sind überwiegend sehr alte oder sehr kranke Menschen, die sowieso in den nächsten Monaten gestorben wären, mit oder ohne Wurm. Wir wissen sowieso nicht, ob sie letzten Endes an Altersschwäche, ihren chronischen Krankheiten oder doch an ZWK verstorben sind.

King Liar wirkte nachdenklich.

– Wenn ich das richtig verstanden habe, dann ist die Krankheit für junge, gesunde Menschen ungefährlich und jetzt machen wir eine Panik-Veranstaltung für weniger als 1% der Bevölkerung, alte und kranke Menschen, die möglicherweise auch ohne diese Krankheit in absehbarer Zeit gestorben wären? Das ist doch nicht viel anders als die normale, alljährliche Grippe, an der auch jedes Jahr Menschen sterben.

– Und wenn wir nichts tun würden?

DER ZACKENWURM

Am Abend brauchte King Liar seine Queen. Queen Greeny war die ideale Ehefrau, eher selbstbewusst als unterwürfig, mit majestätischer Ausstrahlung. Sie hatte ein hübsches Gesicht mit wenigen Lachfalten, betonte ihren süßen Mund mit knallgrünem Lippenstift und ihre strahlenden Augen mit dunkelgrünem Lidschatten. Sie trug gerne ihr metallic-grünes Dirndl und schmückte ihr sehr weibliches Dekolleté mit einer schweren Smaragd-Kette. Prinzessinnen sind immer hübsch und die daraus entstehenden Königinnen immer schön (Klischee!)!

King Liars Kopf rauchte und seine Gedanken kamen nicht zur Ruhe. Queen Greeny wusste, wie sie ihren Gatten beruhigen konnte. Sie kümmerte sich liebevoll um seinen Zepter, bis er mit einem tiefen Seufzer den Stress der vergangenen Tage herausschleudern konnte. Entspannt lagen sich beide im königlichen Himmelbett in den Armen. Die Königin war für ihn nicht nur eine geschickte Liebhaberin, sondern auch eine intelligente Beraterin.

King Liar dachte laut nach:

– Und wenn ich nichts tun würde? Die Krankheit würde sich rasant verbreiten. Viele hätten Kontakt ohne sich zu infizieren. Die meisten werden sich infizieren und werden entweder gar nicht oder nur leicht erkranken. Ein paar Tage zu Hause bleiben und spätestens nach 10 Tagen ist alles folgenlos überstanden. Nur ein kleiner Teil würde so schwer erkranken, dass eine Krankenhausbehandlung notwendig würde. Und nur wenige, meist sehr alte oder sehr kranke Menschen würden sterben. Aber alle Kontaktpersonen, Infizierte und Kranke bzw. Genesene würden Antikörper entwickeln und wären immun gegen die Krankheit. Und spätestens nach drei bis vier Monaten wäre die ganze Sache überstanden. So kennen wir das doch von anderen Epidemien, die Grippe, die Pest, die Cholera, ...

Die Queen war anderer Ansicht:

– Bist Du verrückt? Was sollen Deine Untertanen von Dir denken? Die halbe Bevölkerung wird krank. Nicht wenige verlieren ihre lieben

Angehörigen. Eine unbekannte, unsichtbare Gefahr grassiert unter den Menschen und keiner kennt den Ausgang!

Und der König lebt auf seinem Schloss, amüsiert sich mit der Königin und kümmert sich um nichts! Das werden die Leute für unethisch und inhuman halten. Die Menschen erwarten eine Reaktion von Dir. Tu etwas! Egal was! Lass Dir von Deinen Experten ein paar Vorschläge machen. Aber such Dir nur Experten aus, die die Situation besonders dramatisch einschätzen. Das ist die Chance Deines Lebens! Erklär den Leuten, dass sie sich im Krieg befinden und dass sie Opfer bringen müssen, um den Feind zu überwinden. Mach ihnen Angst! Profiliere Dich als oberster Kriegsherr und Retter der Nation!

Der König zögerte:

– Und wenn meine Maßnahmen nicht zum erwünschten Erfolg führen?

Queen Greeny parierte mit sanftem Lächeln:

– Es ist besser, etwas Falsches zu tun als Nichts zu tun! Eine falsche Entscheidung ist besser als gar keine! Das Volk erwartet das von Dir! Ich unterstütze Dich! Wir schaffen das!

Einige schlaflose Liebesnächte und Expertengespräche später ließ der König über die Presse seine Proklamation verkünden. Die Presse auf der Grünen Insel wurde von drei Journalisten-Chefs vertreten. Radiofix schickte seine Herolde auf die Dorfplätze und ließ die Nachrichten in dramatischen Worten verkünden, Zeitufix verteilte Flugblätter und ließ Pamphlete auf Mauern und Litfaßsäulen kleben und Telefix schickte seine Theatertruppen auf die lokalen Bühnen, wo einstudierte Schauspieler wort- und bildgewaltig die Situation und den fiktiven dramatischen Ausgang der Pandemie in einem Bühnenstück darstellten.

Zwei Wochen später hatte sich die Expertenrunde wieder um den runden, grünen Tisch versammelt. King Liar begrüßte die Anwesenden und kam auch gleich zum Thema:

– Was gibt es Neues von der Krankheitsfront?

Dr. Trosterix ergriff das Wort.

– Unsere Nachforschungen haben ergeben, dass es sich um eine sehr aggressive neuartige Variante des Zackenwurms handelt. Die Übertragung geschieht fast ausschließlich über die Atemwege. Auf Gegenständen konnten wir zwar auch Wurmmaterial nachweisen. Die Würmer waren aber alle tot und können keine Infektion mehr hervorrufen.

Das heißt, wir müssen die Übertragung von Mensch zu Mensch unterbrechen. Das geschieht am effektivsten durch Abstand und durch Mund-Nase-Masken.

Die Queen fragte nach:

– Und Desinfektionsmittel?

Dr. Trosterix wusste zu antworten:

– Die bringen leider nicht viel! Die Infektion erfolgt praktisch nicht über Hände, Haut, Kleidung oder Gebrauchsgegenstände. Auch nicht, wenn wir daran lutschen, denn im Magen würde der Wurm schnell verdaut. Nur Einatmen ist gefährlich! Desinfektionsmittel sind nicht unproblematisch. Sie töten unspezifisch alle Keime ab, auch die guten Bakterien, die ja so wichtig für die Stimulation unseres Immunsystems sind. Übermäßiger und unnötiger Gebrauch von Desinfektionsmitteln schwächt erwiesenermaßen das Abwehrsystem und erhöht die Wahrscheinlichkeit, Allergien zu entwickeln. Außerdem befürchte ich, dass es ängstliche und übereifrige Bürger geben wird, die diese Mittel trinken oder einatmen und sich so selbst vergiften.

– Igitt, ausgespuckte Würmer überall, schrie Queen Greeny, angeekelt von der bloßen Vorstellung umherkriechender Würmer, und drehte sich zu ihrem Gatten.

– Du solltest Deinen Untertanen empfehlen, sich so viel wie möglich zu waschen und sich bei jeder Gelegenheit die Hände zu desinfizieren. Am besten sollten überall Desinfektionsmittelspender angebracht werden. Und selbst wenn es nichts nützt, dann macht es doch ein gutes » sauberes « Gefühl und wird schon nicht schaden!

Dr. Trosterix nickte zögerlich und fuhr fort:

– Viel wichtiger ist ein ausreichender Abstand und ein Atemwegsschutz.

Queen Greeny war nicht zu beruhigen:

– Was wäre denn ein ausreichender Abstand?

Statistix, der Hofmathematiker, ergriff noch einmal das Wort:

– Physikalisch nimmt die Menge der ausgeatmeten Erreger mit dem Quadrat der Entfernung ab!

– Wie bitte?, schrie die aufgebrachte Queen.

Statistix fuhr fort:

– Wir haben berechnet und gemessen, dass in geschlossenen, schlecht gelüfteten Räumen ein Mindestabstand von 1,5 Metern eingehalten werden
müsste. Kontakte sollten hier möglichst kurz sein und eine Atemwegsmaske
sollte hier getragen werden. Häufiges gutes Durchlüften hilft ebenfalls, um
die Konzentration der Würmer in der Raumluft effektiv zu reduzieren.

Die Queen blickte nervös aus dem Fenster:

– Und draußen?

Dr. Trosterix und Statistix nickten sich zu und der letztere erklärte:

– Hier gibt es dieses Problem nicht! Durch die Luftzirkulation an der frischen Luft wird die Wurmkonzentration so schnell reduziert, dass eine Infektion auch ohne Maske kaum möglich ist. Meines Wissens hat sich im
Freien noch niemand angesteckt.

Lustix warf ein:

– Ich habe Leute gesehen, die mit Maske durch den Wald oder am Strand
spazieren gehen oder damit Radfahren.

Statistix schüttelte den Kopf:

– Die haben halt nichts kapiert!

Medicix, der ebenfalls anwesende Haus- und Hofarzt, wollte auch etwas
dazu sagen:

– Frische Luft ist eines der besten »Medikamente« vor einer Erkrankung.
Masken im Freien behindern eher die Atmung und sind damit kontra-
produktiv.

Sollten wir diese Menschen nicht über die Medien darüber informieren,
dass sie sich dadurch mehr schaden als nutzen?

King Liar hielt das nicht für nötig.

– Als Untertanen habe ich lieber Angsthasen mit medizinisch unsinnigem
Verhalten als Kritiker, die zu viel nachdenken und sich unseren Anordnungen widersetzen

SCHLECHTE KONTAKTE

Am nächsten Tag rief der König seine Pressevertreter zusammen und verkündete offiziell die königliche Anordnung, die so schnell wie möglich der Bevölkerung unterbreitet werden sollte. Radiofix, Zeitufix und Telefix saßen dem Herrscher gegenüber und machten sich eifrig Notizen. King Liar diktierte:

– Liebe Bürger der Grünen Insel! Wir sind im Krieg! Ein Krieg gegen einen noch weitgehend unbekannten Feind. Der unsichtbare Feind ist ein neuer Krankheitserreger – der Zackenwurm. Er macht uns krank, viele von uns werden dahingerafft und er bringt viel Elend über unsere Insel, ja über die gesamte bekannte Welt. Wir können ihm nicht mit unserer Armee und unseren konventionellen Waffen begegnen. Wir können ihm nur durch unser Verhalten die Stirn bieten.

Unser Ziel ist nicht, Infektionen zu verhindern, das können wir nicht! Unser Ziel ist es, die Infektionsübertragung zu verlangsamen, damit unser Gesundheitssystem nicht überlastet wird.

Nur wenn Ihr als treue Untertanen die von mir und meinen medizinischen Beratern erstellten Regeln befolgt, werden wir die Zackenwurm-Pandemie schnell in den Griff bekommen. Da der Wurm über die Atemwege bei engem Kontakt verbreitet wird ist die wichtigste Forderung an alle die **Kontaktbeschränkungen!**

Die Krankheit breitet sich aus, wir brauchen eine Strategie! Die Produktion von Testmaterial soll erhöht werden. Jeder Kranke und jede Kontaktperson soll sich einem Test unterziehen und im positiven Fall soll das Gesundheitsamt darüber informiert werden.

Das Gesundheitsamt soll die die gemeldeten Kranken zählen und täglich die Zahlen an das Regierungskonforme Statistische Institut (RSI) übermitteln. Diese Zahlen werden dann auf 100.000 hochgerechnet und diese fiktive »Inzidenzzahl« soll als Maß für die Durchseuchung der Bevölkerung und als Beurteilungsgrundlage für weitere notwendige Maßnahmen dienen.

Der Hofnarr Lustix, der bei allen wichtigen Versammlungen des Königs anwesend war, meldete sich irritiert:

– Aber unser Spezialist Statistix hat letzte Woche doch gesagt, dass solche absoluten Zahlen ohne eine Referenz, wie viele Testungen erfolgt sind, statistisch nicht verwertbar und als Entscheidungsbasis unbrauchbar sind. Niemand nimmt Eurer Majestät übel, dass Ihr keine Ahnung von Medizin habt. Aber die Grundlagen von Statistik habt Ihr während Eurer Ausbildung zum Herrscher doch lernen müssen. Genauso wie viele Eurer Untertanen wie Wissenschaftler, Wirtschaftsexperten und Juristen. Auch wenn das für die meisten nicht das Lieblingsfach war …

King Liar wurde etwas unwirsch:

– Es ist unrealistisch, die Menge an Testungen erfassen zu wollen. Wir nehmen die Zahlen, die wir haben und ich erkläre kraft meines Amtes, dass der »Inzidenzwert« die Heilige Zahl im Krieg gegen den Zackenwurm werden soll. Die meisten Untertanen haben von Statistik genau so wenig Ahnung wie ich. Hohe Zahlen und unbekannte Zahlen machen ihnen Angst. Dann befolgen sie die Regeln. Und mehr will ich im Moment gar nicht. Und jetzt Schluss mit diesen närrischen Einwänden!

Zeitufix versuchte den Monarchen abzulenken und etwas zu beruhigen.

– Die Gesundheitsämter sollen Kontaktpersonen eines Infizierten erfassen. Wie ist denn die Kontaktperson definiert?

Dr. Trosterix wusste die Antwort:

– Kontakt in geschlossenen Räumen, näher als 1,5m, ohne Maske und mindestens 15 Minuten Kontakt. Nur so können laut Aussagen meiner wissenschaftlichen Mitarbeiter genügend Würmer über die Atemluft übertragen werden, um beim Gegenüber eine Infektion hervorzurufen.

Radiofix fragte nach:

– Das heißt im Umkehrschluss: Wenn ich jemanden im Freien treffe oder jemanden drinnen mit mehr als 1,50 m Abstand oder mit kurzem Abstand und mit Maske, oder ihn auch drinnen nur kurz für ein paar Minuten treffe, dann gilt er nicht als Kontaktperson, weil die Wahrscheinlichkeit einer Ansteckung sehr unwahrscheinlich ist?

– Genau, das sagt die Wissenschaft! bestätigte Trosterix.

Jetzt kann sich Lustix, der Hofnarr, nicht mehr zurückhalten:

– Ich habe gehört, auf der Gelben Insel müssen die Bewohner auch draußen

Masken tragen: vor Geschäften, in Fußgängerzonen, auf Parklätzen und sogar auf der Strandpromenade!

Ist das nicht medizinischer Schwachsinn?

Auf der Roten Insel haben sie sogar Parks, Wälder und Spielplätze für Besucher gesperrt! Mit der Begründung, dass sonst zu viele Leute dort zusammentreffen.

Draußen steckt sich doch keiner an! Außerdem ist frische Luft gut für das Abwehrsystem. Die Politik zwingt die Leute dazu, drinnen in der Bude zu hocken, wo die Ansteckungsgefahr viel größer ist. Wer so etwas entscheidet, ist ein medizinischer Schwachkopf oder hat inkompetente Berater … lachte Lustix und warf dem Monarchen einen strengen Blick zu.

LOCKE IN DAUNEN

Der König warf Lustix jetzt ebenfalls einen strengen Blick zu:

– Nun aber ein wenig mehr Respekt vor den Kollegen!

Dann blickte er noch strenger in die Runde und beschloss:

– Wir müssen alle Erkrankten erfassen und auch die direkten Kontaktpersonen. Das soll das Gesundheitsamt machen. Und damit jeder Kontakt erfasst wird, sollen in jeder Kneipe, in jedem Restaurant, in jedem Sportstudio Zettel ausgelegt werden, auf die sich jeder Gast mit Namen und Kontaktadresse eintragen muss.

Lustix amüsierte sich:

– Es wird sicher Besucher geben, die tatsächlich ihren richtigen Namen aufschreiben. Es wird aber auch viele Gäste geben, die sich selbst in »Max«, »Moritz« oder »Rumpelstitzchen« umtaufen und so einer Nachverfolgung entgehen. Das wird nicht funktionieren! Und außerdem ist das ein Schlag ins Gesicht unseres heißgeliebten Datenschutzes!

Der König fuhr fort:

– Die Gesundheitsämter und Ordnungsämter sind nicht nur für die Kontaktverfolgung zuständig. Sie sollen auch die Quarantäne kontrollieren, notfalls auch durch Hausbesuche. Und sie sollen verunsicherte Patienten beraten ...

Der Gesundheitsminister Dr. Leiserix hatte Einwände:

– Die armen Gesundheits- und Ordnungsämter! Die werden schnell überlastet sein.

Und Lustix fügte schmunzelnd hinzu:

– Nicht der Zackenwurm überlastet unser Gesundheitssystem, sondern die ausufernde, unsinnige Bürokratie!

King Lear wurde jetzt laut und wandte sich zu Generalix, dem Verteidigungsminister:

– Dann muss halt die Armee die Gesundheitsämter unterstützen. Die Soldaten sitzen in Friedenszeiten sowieso nur untätig rum. Und ein paar

Exemplare mit ausreichend Grips unter dem Helm werden schon ein paar bürokratische Aufgaben erfüllen können …

Generalix verschluckte sich fast an seinem Cocktail, den er so unaufmerksam wie genüsslich geschlürft hatte. Er sprang auf, nahm Haltung an, salutierte dem König und sprach:

– Zu Befehl, Eure Majestät! Kontrollieren … Kontaktieren … Beraten … Kein Problem … Kriegen wir hin …

Als nach weiteren zwei Wochen die ganzen bisherigen Beschränkungen keinen spürbaren Effekt zeigten, machten sich der König und seine Berater erneut Gedanken. King Liar war ein gütiger König und machte sich solch eingreifende Entscheidungen nicht leicht. Dazu brauchte er noch mal seine Lieblingsberaterin Queen Greeny.

Am Abend saß King Liar erwartungsvoll auf der Bettkante seines Himmelbetts und hatte bereits sein grünes Nachthemd angezogen, jederzeit bereit, dieses bei Bedarf auch wieder auszuziehen. Die Queen hüpfte an ihm vorbei ins Badezimmer. Sie hatte bereits ein verdächtiges Kratzen im Hals bemerkt und wollte erst mal ein Erkältungsbad nehmen.

Er mochte es, ihr zuzusehen, wie sie die grüne Spitzen-Unterwäsche auszog und in das grüne Schaumbad eintauchte. Er mochte den Duft von Fichtennadeln!

Doch trotz aller Bemühungen seiner Queen kam King Liar in dieser Nacht nicht zur Ruhe, wälzte sich von einer Seite auf die andere und wurde von märchenhaften Alpträumen gequält:

Er verwandelte sich in einen Froschkönig und hüpfte durch einen dunkelgrünen Dschungel, vorbei an grünen Zackenwürmern, grünen Schlangen und Drachen. Dann kam er hinter den 7 Bergen zu den 7 Zwergen, die sich in giftgrüne Giftzwerge verwandelten und ihn verfolgten. Der Froschkönig hüpfte davon, so schnell er konnte, griff nach einer glitschigen Liane, rutschte ab und stürzte in ein finsteres Loch, dem schwarzgrünen Nichts. Sein eigener Schrei weckte ihn und er wachte schweißgebadet auf.

Das Licht der Morgendämmerung fiel auf seine geliebte Greeny, die neben ihm friedlich schlummerte. Sanft schmiegte er sich an ihren kurvigen Körper, als er mit dem Gedanken »Mache ich alles richtig?« noch mal kurz einschlief. Als er aufwachte, war seine Queeny bereits aufgestanden und hinterließ nur die zerknautschte, nach Fichtennadeln duftende Bettdecke.

Sofort holten ihn wieder die königlichen Gedanken ein. »Ich muss etwas unternehmen, etwas Drastisches, noch nie Dagewesenes! Die Situation zwingt mich dazu! Das ganze öffentliche Leben muss angehalten, also »heruntergefahren« werden. Ich nenne es … «. Er blickte auf die leicht gewellten Locken, die seine Geliebte in der Daunendecke zurückgelassen hatte. »Ich nenne es … Operation »Haare im Bett«, nein … Operation »Locken in den Daunen«, abgekürzt »Lockdaun«!

Eine Stunde später stand er schon wieder vor seinem Berater-Team. Dann griff der König zum letzten Mittel seiner Macht und verkündete:

– Um die Kontakte zu beschränken, werden ab nächste Woche folgende Regeln gelten: Kontakt nur noch mit einer einzigen anderen Person, auch draußen. Alle Gasthäuser, Kneipen, Hotels, Sportstätten, Schulen, Theater, Geschäfte (außer Lebensmittelläden) werden geschlossen. Ich nenne dieses Vorhaben »Lock Daun«.

Alle Anwesenden waren sprachlos und starrten den König mit offenem Mund an. Sie wussten nicht, ob sie sich mehr über die Maßnahmen wundern sollten oder über den komischen neuen Namen.

Lustix fand das jetzt gar nicht mehr lustig und fand als Erster seine Sprache zurück.

– Aber das widerspricht ja dem, was wir früher gesagt hatten! Wenn alle drinnen Abstand halten, Masken tragen und sich nur kurz treffen, dann wird sich auch niemand in Gaststätten, Kneipen, Hotels, usw. infizieren. Diese Entscheidung ist für die Betroffenen eine Katastrophe! Viele werden pleite gehen!

Eure Majestät! Ich als Hofnarr werde ja dafür bezahlt, dass ich kritisch meine Meinung äußern darf, ohne dafür bestraft zu werden. Jetzt muss ich mal ganz im Ernst was sagen. Sie treffen Entscheidungen von weitreichender, ja existentieller Bedeutung für viele Menschen ohne eine vernünftige und logische medizinische Grundlage! Rufen Sie doch ein Expertenteam aus Medizinern im ganzen Land zusammen, lassen sie diese fachlich und demokratisch über sinnvolle Maßnahmen diskutieren. Und dann können Sie immer noch über den politischen Weg entscheiden. Verlassen Sie sich doch nicht ausschließlich auf eine einzige »Expertenmeinung«.

King Liar verteidigte sich:

– Dazu bleibt keine Zeit! Wir müssen jetzt schnell handeln. Trosterix und Leiserix sind in meinen Augen kompetente Männer. Mit ihnen werde ich meine Strategien beschließen und ich lasse mich nicht von Dir und allen anderen Narren, die nicht meiner Meinung sind, davon abhalten!

Lustix drehte sich um und betrachtete durch das Schlossfenster die untergehende Mondsichel. Insgeheim war er ein Kritiker der Monarchie, des Despotismus und der Tyrannei. Wie schön wäre doch eine parlamentarische Demokratie und er dachte bei sich:

– In einer Demokratie wäre das nicht passiert!

DIE ARCHIPEL-PANDEMIE

In Blitzeseile hatte sich das medizinische Chaos der Blauen Insel und die prophylaktischen Notfallmaßnahmen der Grünen Insel im ganzen Regenbogen-Archipel herumgesprochen. Inzwischen waren auf allen Inseln Zackenwurm- Erkrankungen, erhöhte Krankenhauseinweisungen und Todesfälle zu beklagen. Grund dafür war wahrscheinlich der rege interinsuläre Schiffsverkehr, der Warenaustausch, beruflich bedingte Reisen und auch der Tourismus.

Eine Generalversammlung der Könige aller Inseln wurde einberufen. Alle kamen in das Schloss von King Liar auf der Grünen Insel – natürlich mit Abstand und Maske.

Eingeladen waren auch Vertreter der AHO (Archipel Health Organisation). Zunächst wurde beschlossen, dass es sich bei der Infektionswelle nicht mehr um eine lokal begrenzte **Epidemie**, sondern um eine weltweite oder zumindest eine archipelweite **Pandemie** handelte. Damit konnte man gut auch weitreichende und unpopuläre Maßnahmen für die Bevölkerung begründen.

Die Regenten diskutierten über medizinisch offenbar notwendige Maßnahmen und (fast) alle stimmten für massive Einschränkungen für die Menschen. Über die Details konnte man sich – wie immer – allerdings nicht einig werden und so kam es auf den verschiedenen Inseln zu sehr unterschiedlichen Maßnahmen.

Zunächst einmal wurden die Grenzen geschlossen. Aber doch nicht ganz. Nur teilweise! Immerhin wollte man die Wirtschaft und den Warenaustausch nicht ganz zusammenbrechen lassen. Keiner durfte eine andere Insel besuchen, denn potentiell infizierte Menschen sollten schön in ihrem eigenen Land bleiben. Aber Arbeitnehmer wurden dann doch hereingelassen. Wie gesagt, die wurden ja auch gebraucht. Und wenn sie infiziert waren? Das war halt Pech!

Auf jeden Fall wurde der Schiffsverkehr zwischen den Inseln größtenteils eingestellt. Aber auch nicht ganz. Es gab halt Ausnahmen! Und deshalb konnte das Ganze auch nicht funktionieren. Der Zackenwurm ließ sich von den Inselgrenzen nicht aufhalten und die Inzidenzzahlen schossen auf allen Inseln rasant in die Höhe.

Nur die gelbe Insel schottete sich konsequent ab und ließ nicht mal eine Schiffsratte hinein. Der gelbe Kaiser war besonders streng und ganze Städte und Landstriche, in denen Zackenwurm-Infektionen bekannt wurden, wurden isoliert und von der Außenwelt abgeschirmt. Das hatte zumindest zeitweise einen positiven Effekt.

Kontaktbeschränkungen waren notwendig, darüber waren sich alle Insel-Könige schnell einig. Aber wie diese in der Realität aussehen sollten, darüber war man durchaus unterschiedlicher Meinung.

Je nach Insel wurden 1 bis 1,5 bis 2 Meter Abstand zur nächsten Person in geschlossenen Räumen gefordert. Das hörte sich ja noch ganz sinnvoll an! Um Kontakte zu reduzieren, wurden Geschäfte geschlossen. Aber nicht alle Geschäfte! Lebensmittelläden gehörten zu den Ausnahmen. Hier steckte sich unter Einhaltung der Abstandsregeln und bei einem kurzen, nur wenige Sekunden dauernden Kontakt ja keiner an. In allen anderen Läden hätte sich unter Einhaltung der Regeln ebenfalls niemand angesteckt. Der wirtschaftliche Verlust und die drohende Pleite waren medizinisch kaum sinnvoll, wurden politisch aber in Kauf genommen.

Großveranstaltungen wurden gestrichen. Konzerte und Theateraufführungen fielen aus. Volksfeste einschließlich Kirmes, Novemberfeste und der geliebte Karneval fielen diesen Regeln zum Opfer. Dieses war in der gegebenen Situation ja auch medizinisch sinnvoll, da durch Singen, Schunkeln und Tanzen die Gefahr der Zackenwurmübertragung natürlich besonders groß war. Hier waren die Menschen weitestgehend einsichtig und das ließ sich auch leicht kontrollieren.

Schwieriger wurde es bei privaten Treffen. Je nach Insel gab es Besuchsverbot oder nur Besuchserlaubnis von einem oder zwei Gästen. Warum nicht mehr, wenn der Abstand eingehalten wurde?

Was viele Menschen am meisten aufregte, war die Tatsache, dass es auf jeder Insel und manchmal sogar in verschiedenen Landesteilen unterschiedliche Regeln herrschten. Und gefühlt wurden wöchentlich die Regeln geändert. Hier spielten offenbar weniger medizinische Erkenntnisse eine Rolle als vielmehr die persönliche Meinung, die individuelle Ängstlichkeit, politische Willkür bis zum Machtmißbrauch des jeweiligen Herrschers und seiner engsten Mitarbeiter. Gewürzt wurde das ganze durch eine gehörige Portion Bürokratie, an der die ohnehin schon überforderten Staatsgefüge zu ersticken drohte.

ERSTER BRIEF VON DR. NATURALIX AN SEINE GELIEBTE AMORICA

Dr. Naturalix war Arzt für Allgemeinmedizin und Naturheilverfahren. Er war die erste Anlaufstelle als Hausarzt für viele Patienten der näheren Umgebung. Andere Patienten kamen von weit her, weil sich seine Erfolge mit alternativen bzw. komplementären Therapien nicht nur auf der Grünen Insel herumgesprochen hatten. Er war Vollmediziner mit ganzem Herzen und suchte für jeden seiner Patienten die »passende« Behandlung. Die medizinischen Ratschläge einiger seiner Kollegen und die Reaktion der Politik betrachtete er mit einer gewissen Skepsis.

In seiner Freizeit traf er nicht selten seine geliebte Amorica, eine Krankenschwester in einer Klinik der Orangen Insel. Doch nun waren die Grenzen erst mal gesperrt und Dr. Naturalix schrieb einen Brief.

Liebste Amorica!

Unser gemeinsamer Urlaub auf der Schwarzen Insel fällt aus! Vielleicht freust Du Dich sogar? Dir war die lange Seereise sowieso viel zu anstrengend! Machen wir halt Urlaub auf der Grünen insel. Nicht drei Wochen wie ursprünglich geplant. Aber zwei Wochen sollten schon drin sein, vielleicht etwas näher: Orange Insel, Weiße Insel? Denkste! Dann halt Nord- oder Ostküste auf der Grünen Insel! Auch nicht! Mittlerweile hat die Aktion »Haar-im-Bett« oder wie der König sie nannte, das ganze Archipel erfasst! Reiseverbot, Einreiseverbot, Grenzkontrollen, Hotels und Campingplätze geschlossen ...

Außerdem: Kann ich es moralisch überhaupt verantworten, Urlaub zu machen, wenn händeringend nach Ärzten und Helfern in der Krise gesucht wird? Nach dem ersten Schock wurde das Gesundheitswesen auf der Grünen Insel gut durchorganisiert. Zuerst kamen viele Patienten in meine Praxis, vor allem zur Beratung. Dann wurde es ruhiger. Zackenwurm-Verdächtige wurden an

die neu errichteten Abstrichzentren verwiesen. Viele Patienten hatten Angst vor Ansteckung und trauten sich kaum noch in die Praxis. Termine wurden abgesagt oder verschoben, wenig zu tun! Nicht nur bei uns, auch in den Nachbarpraxen und bei den Fachärzten ... auf einmal gab es überall freie Termine! Also könnten wir ohne schlechtes Gewissen die geplanten zwei Wochen Urlaub machen. Mittlerweile gibt es Kontaktverbote, Abstandsregeln und viele unserer üblichen Freizeitaktivitäten kommen zum Erliegen: Tango, Badminton, Restaurant, Kino, Feiern, usw. Glücklicherweise sind die Regeln bei uns nicht so streng wie auf den Nachbarinseln und wir können das herrliche, sonnige Frühlingswetter genießen. Wir geniessen den aufblühenden Garten, das Vogelgezwitscher und den tiefblauen Himmel. Wir gehen reiten und spazieren und ganz viel Radfahren. Mal allein, mal mit Freunden (und Abstand!).
Angst vor dem Zackenwurm hatten wir zu keinem Zeitpunkt und wir wollen auch nicht die überflüssige Panikmache der Medien über uns ergehen lassen. Wir hören seit zwei Wochen keine Nachrichten mehr! Die Informationen aus der Tageszeitung und die Briefe vom Gesundheitsamt an die Hausärzte reichen uns. Gelegentlich ärgern wir uns über die aufreisserische Berichterstattung, die Manipulation der Statistiken und über einige überflüssige politische Maßnahmen. Ansonsten sind wir völlig entspannt ... außer der gelegentliche Gedanke an meine geplante Operation, die wohl aber nicht verschoben wird.

Natürlich halten wir uns streng an die gesetzlichen Vorgaben, an die Empfehlung mit Reduzierung der sozialen Kontakte etwas weniger. Viele unserer Freunde sehen das auch nicht so eng. So veranstalten wir Radtouren und Spaziergänge, gelegentlich auch ein verbotenes Picknick. Zwischendurch mal Kaffeetrinken oder Essen mit Nachbarn ... Nach zwei Wochen habe ich dann auch mal meine alte Mutter besucht, obwohl sie ja zur »Risikogruppe« gehört. »Lieber sterbe ich am Zackenwurm als an der Einsamkeit!«, war ihre Devise. Außerdem Keller aufgeräumt und viele Aktenordner sortiert. Viel Papiermüll, der erst mal hier warten muss, bis die Kompostanlagen wieder normal arbeiten und der Andrang dort nachlässt (viele andere hatten die gleiche Idee!). Am Anfang fiel es mir schwer, so »planlos« durch das Leben zu gehen. Unsere »Freizeit« ist ja sonst seit Jahren auf Monate hinaus ausgebucht, Termine, Termine ... Und auf einmal »Nichts mehr«, leerer Kalender, jede Planung sinnlos ... Dann kam aber das Umdenken, Spontaneität statt Planung! Die kleinen Freuden des Alltags mehr genießen! Brauchen wir den ganzen

Freizeit-Stress überhaupt? Ich spüre, dass man mit »weniger« auch gut leben kann.

Aus meiner Sicht sind viele der Auflagen sowieso eine panikgeschürte Über-reaktion und haben nicht wenige in ein wirtschaftliches Unglück gestürzt. Dafür sind wir Mediziner vergleichsweise bisher ja noch gut weggekommen. Der vorhergesagte Zusammenbruch des Gesundheitssystems wird auf der Grünen Insel wohl ausbleiben, die allermeisten Zackenwurm-Erkrankten sind wieder putzmunter und die Todesrate liegt unterhalb der der alljähr-lichen Grippetoten. Wir freuen uns auf eine – hoffentlich baldige – Lockerung der gesetzlichen Vorgaben und eine allmähliche Rückkehr in unser normales Leben.

Ich denke an Dich und umarme Dich von ganzem Herzen.

Dein Dich liebender

Naturalix

MASKENBALL UND FRISCHE LUFT

Da die Zackenwurm-Infektion über die Mund- und Nasenschleimhäute erfolgte, lag es medizinisch auf der Hand, diese Körper-Ein- und Ausgänge besonders vor fremden Eindringlingen zu schützen. Und da lag die Idee nicht fern: Masken müssen her. Da es aber nicht genügend medizinische Masken für jedermann gab, wurde die Abdeckung jener Körperpartien mit Schals und Tüchern empfohlen. Findige Mitbürger nähten sich dann selbst passende Schutzobjekte und waren dabei recht kreativ. Schnell gab es Masken in allen Formen und Farben, mit Zeichnungen und Bildern, Schweinsnasen und zähnefletschenden Ungeheuern. Auch verkauft wurden passende Masken zu jedem Outfit, sogar zu modischen Anzügen und Hochzeitskleidern. Dieser neue Markt war aber nur kurzfristig erfolgreich.

Eine Massenproduktion an medizinischen Masken lief an und als es genug für jedermann gab, wurden diese dann auch zur allgemeinen Pflicht. Immerhin hatte man noch die Wahl zwischen grünen, blauen oder weißen OP-Masken (unabhängig von der Farbe der Insel) oder weißen oder schwarzen WFP-Masken (WFP = Würmer Fortpflanzungshemmende Protektion). Nun waren diese medizinischen Masken sicher ein wenig effektiver als die bunten Schals. Da die WFP-Masken angeblich noch effektiver waren als die OP-Masken und weil die an die zuständigen Politiker gezahlte Kommission für die Empfehlung offenbar deutlich höher ausfiel.

Eines Abends saß Lustix, der Hofnarr, wie gewohnt zu Füßen seines Herrn King Liar und sinnierte:

– Draußen an der frischen Luft steckt sich niemand an! Diese Tatsache gehört schon drei Wochen nach Pandemie-Beginn zum medizinische Grundwissen. Im Freien verdünnt sich die ausgeatmete Zackenwurm-Konzentration innerhalb von Bruchteilen von Sekunden dermaßen schnell, dass man sich schon sehr anstrengen muss, um jemand anderes eine ausreichende Dosis zu verpassen, damit er sich infizieren kann.

Warum schreibt die Presse nicht, dass es medizinischer Unsinn ist, draußen mit Maske herum zu laufen. Ich habe Menschen gesehen, die im Wald völlig alleine mit Maske joggen gehen oder Rad fahren. Man sollte solchen Irrläufern helfen. Sie haben doch gar nichts verstanden. Sie behindern außerdem die eigene Sauerstoffaufnahme. Und kein Gehirn funktioniert gut ohne Sauerstoff ...

Der König blickte nur kurz von seinem Buch auf, in das er gerade vertieft war.

– Lass sie doch! Sie schaden niemanden! Sie haben halt Angst und das ist genau das, was wir wollen. Und außerdem geben sie ein gutes Beispiel ab für die vielen Masken-Muffel!

Lustix ließ nicht locker:

– Selbst unsere Wissenschaftler bestätigen, dass frische Luft bei Atemwegsinfektionen, so auch beim Zackenwurm, sehr postiv für die Gesundheit ist. Glücklich können sich jene schätzen, die einen Balkon oder Garten haben. Auch häufiges Lüften geschlossener Räume wird überall empfohlen. Und der Wettergott meint es gut mit uns. Seit der Pandemie herrscht fast durchgehend im gesamten Archipel das herrlichste Frühlings- und Sommerwetter.

Der König kommentierte das, ohne aus seinem Buch aufzublicken:

– Dann sollen sie halt spazieren gehen!

Lustix sprang auf:

– Wo denn? Parks werden gesperrt, Wälder werden gesperrt, selbst Strände werden gesperrt! Damit sich dort nicht zu viele Leute treffen? Unsinn! Je mehr Leute nach draußen gehen und frische Luft einatmen, desto besser ist es für deren Immunsystem und desto resistenter werden sie gegen Infektionen!

King Liar wurde langsam ungehalten wegen der dauernden Störungen und Nörgeleien:

– Na und? Und wenn die Inzidenz-Zahlen noch höher gehen, dann werden wir auch eine Maskenpflicht für draußen einführen, z.B. in Fußgängerzonen und auf Parkplätzen! Das habe ich schon mit unseren Gesundheitsexperten besprochen!

Lustix schlug sich vor den Kopf:

– Und das soll was bringen? Inzwischen haben wir alle doch gemerkt: Je strenger die Maßnahmen, je höher die Inzidenz-Zahlen!

– Schluss jetzt!, befahl der König unwirsch und wirkte sichtlich genervt.
Lustix blickte aus dem Fenster zum hochstehenden Halbmond und dachte
bei sich:
– In einer Demokratie wäre das nicht passiert!

ZWEITER BRIEF VON
DR.NATURALIX AN SEINE
GELIEBTE AMORICA

Geliebte Amorica!

Jetzt können wir uns schon wieder nicht treffen! King Liar und danach die Könige aller anderen Inseln haben einen »Locke-in-Daunen« verkündet. Was bedeutet das für die Menschen? Am liebsten würde ich auswandern. Aber wohin? Auf den anderen Inseln ist es auch nicht besser, auf einigen sogar noch schlimmer. Das ganze Archipel scheint verrückt geworden zu sein ...

Ich hoffe, ich langweile Dich nicht durch meine wiederholten medizinischen Korrekturausbrüche, aber es liegt mir am Herzen, Dir meine Gedanken mitzuteilen. Lass mich mal etwas ausholen: Der Sinn eines Lockdauns ist es, Infektionen zu verhindern und alte und chronisch Kranke zu schützen.

Die Infektion ist die Ansteckung: die Person trägt Zackenwürmer im Mund-Rachenraum und kann diese unter bestimmten Umständen auf andere Personen übertragen. Für eine Übertragung muss allerdings eine größere Menge von Zackenwürmern vorhanden sein. Und das ist nur bei Personen der Fall, die auch tatsächlich Symptome wie Niesen oder Husten haben. Personen ohne Symptome – auch wenn sie Zackenwurm-Träger sind – infizieren in der Regel niemanden. Die geringe Anzahl an ausgeschiedenen Würmern reicht dafür einfach nicht aus.

Wie Du ja aus dem Biologie-Unterricht weißt, gibt es 3 Möglichkeiten:

1. Die infizierte Person wehrt die Zackenwürmer ab und es kommt zu keiner Krankheit (asymptomatische Zackenwurmträger). Das Immunsystem setzt sich mit dem Parasiten auseinander, die Person ist für eine gewisse Zeit immun gegen neue Infektionen.

2. Die infizierte Person wird krank und dem Immunsystem gelingt es, die Parasiten nach mehrtägigem Kampf zu vernichten. Die Person ist für eine gewisse Zeit immun gegen neue Infektionen.

3. *Die infizierte Person wird schwer krank und dem Immunsystem gelingt es nicht, die Parasiten zu vernichten. Der Patient wird schwer krank oder stirbt.*

Am häufigsten passieren 1 und 2. Fall 3 nur bei immungeschwächten Patienten, statistisch bei weniger als 1% der Infizierten.

Soweit wir heute wissen, werden die Zackenwürmer fast ausschließlich über die Atemluft übertragen und nicht durch Gebrauchsgegenstände. Deswegen ist auch die ganze Desinfektionshysterie sehr fragwürdig!

Das Infektionsrisiko ist abhängig von
1. der Virulenz (Aggressivität) des Zackenwurms.
2. der Menge der Würmer (Konzentration in der Luft)
3. der Funktionstüchtigkeit des Immunsystems
Zu 1: Zackenwürmer sind virulenter als Grippeviren, aber viel weniger virulent als andere lebensbedrohliche Krankheits-Keime!
Zu 2: hier sollen die Lockdaun-Maßnahmen etwas bewirken: Die Reduktion der Zackenwurmmenge, damit die Gefahr einer Infektion verringert wird
Zu 3: die Lockdaun-Maßnahmen sollen die Immungeschwächten (alte und chronisch kranke Menschen) schützen und einen Zusammenbruch des Gesundheitssystems verhindern.

Das Infektionsrisiko ist erhöht durch längeren, intensiven Kontakt. Das Gesundheitsamt spricht von einer Kontaktperson 1.Grades, d.h. eine Person, die sich möglicherweise infiziert hat und deshalb in Quarantäne geschickt wird, wenn folgende Bedingungen erfüllt sind:
1. Entfernung kürzer als 1m ohne Maske in geschlossenen Räumen
2. Kontaktdauer mindestens 15 Minuten

Aus diesen Definitionen kann jeder auch ohne medizinische Kenntnisse und mit gesundem Menschenverstand sinnvolle von unsinnigen Maßnahmen unterscheiden.
Sinnvoll ist es:
1. einen Abstand von 1,5 – 2m einhalten
2. in geschlossenen Räumen bei kurzfristig näherem Kontakt Masken tragen
3. die Kontaktdauer so kurz wie möglich halten
Unsinnig ist es:
Maskentragen im Freien! Die Zackenwurm-Konzentration wird im Freien so

schnell verdünnt, dass eine Infektion im Vorbeigehen (kurzer Kontakt) praktisch unmöglich ist. Deshalb sind Vorschriften wie Masken in Fußgängerzonen, vor Geschäften, auf Parkplätzen, auf Spielplätzen, am Strand, im Wald usw. medizinisch völlig unsinnig. Hier hat sich noch niemand angesteckt.

Mittlerweile weiß man eine Menge über die Infektionsgefahr. In der Öffentlichkeit können durch Sicherheitsabstand und/oder Maskenpflicht Infektionen weitgehend verhindert werden. Geschäftsleute haben sich mit z.T. nicht unerheblichen finanziellen Aufwand darauf eingestellt.

Trotz dieser aktuellen medizinischen Erkenntnisse haben sich die Könige aller Inseln (oder ihre »Experten«) einige sinnfreie Maßnahmen ausgedacht.

– Niemand steckt sich in Geschäften an, trotzdem werden sie geschlossen

– Niemand steckt sich in Restaurants an, trotzdem werden sie geschlossen

– Niemand steckt sich bei Friseuren an, trotzdem werden sie geschlossen

– Niemand steckt sich der Kita oder der Schule an, trotzdem werden sie geschlossen

– Niemand steckt sich im Kino oder im Theater an, trotzdem werden sie geschlossen

– Niemand steckt sich in öffentlichen Verkehrsmitteln an, sie dürfen weiterfahren!!!

Wo ist hier die Logik? Liebe Politiker, wo ist Euer gesunder Menschenverstand? Ihr schickt massenhaft Menschen in finanzielle Probleme, in Kurzarbeit und Pleiten, in Depressionen und Suizide – durch völlig überflüssige und medizinisch sinnfreie Maßnahmen. Kaum ein Menschenleben wird dadurch gerettet!

Aus medizinischen Überlegungen befürworte ich sinnvolle Maßnahmen wie das Verbot von Großveranstaltungen und größeren Feiern, wo viele Menschen (unter Alkoholeinfluss) eng zusammentreffen. Die Gefahr von Infektionen ist groß und lässt sich hier am wenigsten kontrollieren!

Es ist den Medien und der Politik gelungen, vielen Menschen soviel Angst einzujagen (Achtung: Angst schwächt das Immunsystem!!!), dass sie diese Maßnahmen mittragen und darüber hinaus selbst allein im Wald noch Masken tragen.

Viele andere umgehen die Maßnahmen: Verwandte und Freunde treffen und nicht auffallen. Wir werden ein Volk von Verbrechern! Das erinnert mich an die Mentalität von Menschen, die in totalitären Staaten leben. Je strenger die Einschränkungen draußen, desto eher die (kompensatorischen) Treffen drinnen!

Natürlich versuchen die Politiker uns weiszumachen, dass der Rückgang der Infektionszahlen durch die verordneten Maßnahmen zustande kommt. Die Zahlen wären auch ohne die oben genannten unsinnigen Maßnahmen zurück gegangen und gehen auch zurück, obwohl sich viele nicht daranhalten!

Liebe Amorica! Entschuldige meinen niedergeschriebenen Wutausbruch!

Ich hoffe, wir sehen uns bald wieder!

Dein Dich ewig liebender

Naturalix

DIE WEISSE UNSCHULD

Während alle bunten Inseln in mehr oder weniger starke Panik ausbrachen und alle mehr oder weniger sinnvolle Maßnahmen ergriffen, schien die Weiße Insel in eine Art Winterschlaf zu verfallen. Die Ureinwohner der Weißen Insel waren ein Völkchen für sich. Ihre Haut war schneeweiß, ihre Haare waren hellblond, weißblond sozusagen. Die Augen in der Regel strahlend hellblau. Auch trugen sie gerne weiße Kleidung. Die Bewohner der weißen Insel waren eher zurückhaltend, leise, vorsichtig und introvertiert. Wenn aber der eiskalte, klare Schnaps die Runde machte, konnten sie auch ihre barbarisch-wilde Seite zeigen und dann können sie zügellos feiern. Alle liebten ihre Herrscherin, die Eiskönigin. Sie thronte in ihrem Eispalast auf dem Gletscherberg. Sie war klein, schlank und hübsch anzusehen mit ihren hellblonden langen Haaren, ihrem Diamant-Diadem und ihrem strahlend weißen Kleid. Sie regierte mit ihrer kalten, aber sanften Hand, legte großen Wert auf Gesundheit und Zufriedenheit ihrer Untertanen und war sozial sehr engagiert.

Sie interpretierte die Zackenwurm-Infektion als eine Art mutierte Grippe und ließ die Bevölkerung zunächst ohne strenge Maßnahmen. Die dünne Besiedlung und der dadurch bestehende natürliche Abstand zum Nachbarn waren dabei sehr hilfreich. Aber es gab ja auch einige Großstädte. Man vertraute seinen Mitbürgern, die vernünftigerweise und auf freiwilliger Basis die gleichen Vorsichtsmaßnahmen einhalten sollten wie bei jeder normalen Grippe-Epidemie in den Vorjahren. Und das Resultat?

Es gab Infizierte, auch Schwerkranke und Tote, aber im Durchschnitt nicht mehr oder weniger als auf allen anderen Inseln. Wissenschaftlich gesehen hätte die weiße Insel eine wunderbare Placebo-Gruppe sein können. Man hätte sehen können, ob die diversen strengen Maßnahmen der anderen Inseln tatsächlich so effektiv waren wie ihre Herrscher es behaupteten. Denn es gab hier ja eine Vergleichsgruppe.

Doch das passte den anderen bunten Herrschern nicht. Stellte ein positives

Ergebnis der weißen Insel nicht eine Gefahr für die Glaubwürdigkeit aller mühevollen Maßnahmen der anderen Inseln dar? Politisch und wirtschaftlich wurde die Eiskönigin der weißen Insel immer mehr isoliert und unter Druck gesetzt.

Irgendwann war sie zermürbt und hielt dem internationalen Druck nicht mehr stand. So wurden auch auf der weißen Insel einige der umstrittenen Maßnahmen der anderen Inseln übernommen. Die Placebo-Gruppe verschwand im ewigen Eis und so konnten die bunten Herrscher weiter behaupten, dass ihre Maßnahmen notwendig und sinnvoll seien. Es gab ja jetzt niemanden mehr, der widersprechen und das Gegenteil beweisen konnte. Und mit dem Aufgehen der Polarsonne war die Welt im Archipel wieder in Ordnung!

ORANGE MISCHUNG

Die Orange Insel war wohl die vielfältigste unter den bunten Inseln. Je nach Region unterschieden sich die politischen Strukturen und Mentalitäten. Die meisten Bewohner hatten eine helle orange-braune Hautfarbe, orange-blonde oder orange-braune Haare mit einem rötlich-orangen Ton. Manche haben auch helle Haut mit rosa-orangen Sommersprossen und alle liebten orange-farbene Kleidung im Straßenverkehr. Man sieht sie von Weitem, auch im Halbdunkel und sie wollten gesehen werden! Sie wollten auch gehört werden und sie schwankten zwischen friedlich-devoter Anpassung und aggressiv-progressivem Widerstandsdenken.

An der Spitze stand der weniger geliebte König Macaroni, der seine Lieblingsspeise bereits im Namen trug. Am liebsten aß er gelb-orange Macaroni mit orange-gelber Hummersoße. Und dazu ein Glas Orangensaft!

Er war der erste, der dem Volk zurief, dass man sich im Krieg befinde, ein Krieg gegen einen noch weitgehend unbekannten Feind, dem Zackenwurm. Entsprechend drastisch waren auch die Einschränkungen und Kontaktverbote. Auch hier wurden Strände gesperrt, Hotels und Campingplätze geschlossen und die Menschen durften ihre Wohnung nur in einem Umkreis von 1km verlassen, und nur alleine oder mit ihrem Hund. Den Hunden war der Zackenwurm sowieso egal, wenn sie dringend ihr Geschäft erledigen mussten. All das wurde von einem Heer von Ordnungshütern überwacht und Verstöße wurden mit drastischen Strafen belegt.

All das konnte die Infektionszahlen jedoch nur unwesentlich senken und das ohnehin marode Gesundheitssystem stand in vielen Regionen vor dem Kollaps. Einige Schwerkranke mussten sogar auf freie Intensivbetten in Krankenhäuser der Grünen Insel verlegt werden. Die Sparmaßnahmen im Gesundheitssystem in den vergangenen Jahren rächten sich hier wie auf fast allen Inseln.

Als im zweiten Jahr der Pandemie die Inzidenz-Zahlen im Norden der Insel wieder deutlich anstiegen, entschied sich der zuständige Minister für einen zweiten Lockdown in dieser Region. Das Ergebnis: die Inzidenz-Zahlen stiegen in dieser Region weiter und schneller an als auf dem Rest der Insel! Nach drei Wochen wurde der Lockdown wieder aufgehoben ...

Als es später eine Impfung gab, war auch hier König Macaroni ein Vorreiter der Impfpflicht. Tausende Mitarbeiter des Gesundheitssystems – Ärzte, Pfleger und Krankenschwestern – wurden entlassen, weil sie sich nicht impfen lassen wollten. Das verschärfte natürlich den ohnehin schon bestehenden Fachkräftemangel. Aber Macaroni machte die Sache zu seinem persönlichen Kampf, war unerbittlich gegen alle »Überkreuzdenker« (siehe später!) und wollte die Unfolgsamen empfindlich bestrafen. Dieses Berufsverbot wurde von ihm auch nicht aufgehoben, als nach 3 Jahren das Ende der Pandemie verkündet und auf allen anderen Inseln Zwangsimpfungen und Berufsverbote aufgehoben wurden. Berufsverbote für Ungeimpfte im medizinischen Bereich gab es auch auf den anderen Inseln. Die entsprechenden Behörden kniffen aber halbherzig ein Auge zu und es kam eher selten zu Berufsverboten. Schließlich wollte man das jetzt schon überforderte Gesundheitssystem nicht noch weiter belasten. In einigen Landstrichen siegte der gesunde Menschenverstand dann doch über die politische Bürokratie ...

ROTBÄCKCHEN

Die Rote Insel lag viel weiter westlich. Man konnte sie nur durch eine Schiffsreise von mehreren Tagen erreichen. Die Bewohner hatten eine rot-braune Hautfarbe und wurden von den Bewohnern der anderen Inseln manchmal abfällig als »Rothäute« bezeichnet. Aber auch hier gab es blasse Typen mit roten Sommersprossen, wahrscheinlich Nachfahren von frühen Einwanderern von der Orangen Insel. Die meisten hatten rote Haare – alle Nuancen zwischen dunklem Rotbraun und hellem Karottenblond. Die Männer trugen rote Cowboy-Hüte und die Frauen rote Käppchen, was beiden Geschlechtern den Spitznamen »Rotkäppchen« verpasste.

Die Menschen waren sehr emotional. Wut und Zorn trieb ihnen eine zusätzliche Röte ins Gesicht, weswegen sie manchmal auch »Rotbäckchen« genannt wurden. Aber Schmerz, Trauer und auch Freude rührten sie zu Tränen mit dem Resultat von »roten« Augen.

Ihr Herrscher war King Donut auf seinem Schloss Entenburg. Seine Lieblingsspeise waren die gleichnamigen zuckerhaltigen Kalorienbomben, die bei ihm (und bei vielen seiner Untertanen) einen abdominellen »Rettungsring« hervorriefen. Er war entsprechend dem Charakter seiner Insel ein sehr emotionaler Typ. Bei jeder Rede lief er rot an und wetterte über fast alles, was im Archipel passierte. Aber er war Patriot, seine politische Ausrichtung »Zuerst alles für die Rote Insel und dann der Rest der Welt!« Originalton: »Red Island First!« Sein Extremismus spaltete die Nation. Die Hälfte der Bewohner war für ihn, die andere Hälfte gegen ihn!

Als die Pandemie sich langsam über das Archipel verbreitete, lächelte King Donut über die seiner Meinung nach übertriebene Reaktion der anderen Könige. Mit etwas Verzögerung erreichte der Zackenwurm dann auch die Rote Insel und konnte sich aufgrund schlechter Infrastruktur und noch schlechterem Gesundheitssystem schnell ausbreiten. King Donald hatte in seiner Regentzeit die allgemeine Krankenkassenpflicht wieder rückgängig gemacht, was die Situation vor allem in der ärmeren Bevölkerung nicht verbesserte.

Mit dem gleichen Enthusiasmus und dem gleichen roten Kopf, mit dem er die Zackenwurm-Saga verteufelte, machte er wenige Monate später eine 180 Grad-Wende und propagierte Lockdaun, Abstandsregeln und später die Impfungen. Dann sollte aber auch jeder geimpft werden, notfalls an der Tankstelle und im Supermarkt!

SCHWARZE GEDANKEN

Ganz im Süden des Archipels lag die Schwarze Insel. Hier war es überwiegend heiß und trocken. Die Menschen, die hier lebten, hatten die dafür angepasste schwarze Haut, einige waren hellschwarz bis grau, andere tief pechschwarz. Auch die Haare waren schwarz und die Augen dunkelbraun, also fast schwarz. Sie lebten in weit verstreuten Dörfern in der Savanne oder im Moloch weniger Großstädte. Es gab einige reiche Mitbürger, die meisten waren aber bitterarm. Vom Gesundheitssystem, welches teilweise nur mit der Unterstützung der bunten Inseln funktionierte, konnten nur wenige profitieren.

Ihr Regent war König Lumumba. Er gehörte natürlich zur reichen Oberschicht und genoss es, seinen Reichtum darzustellen. Er lebte in einem schwarzen Schloss mit goldenen Türmen und ließ sich mit einer schwarzen, vergoldeten Karosse, gezogen von sechs Edel-Rappen, durch die Lande fahren. Das Land war voller Bodenschätze und beherbergte eine reichhaltige Tier- und Pflanzenwelt. Viele Dukaten kamen auf die Insel, von Entwicklungshilfeprojekten, Investitionen von Übersee-Firmen und dem Ausverkauf des eigenen Landes und der eigenen Wirtschaft. Nur wenige der vielen Dukaten kamen dem Volk zugute, füllten jedoch die Schatullen der Königsfamilie, die in Saus und Braus leben konnte.

Die Reaktion auf die ersten Zackenwurm-Fälle fiel dann auch sehr zurückhaltend aus. Immerhin hatte der König und seine Familie Zugang zur optimalen medizinischen Versorgung und sie erhielten als erstes eine Impfung, als diese auf dem Markt war.

Die Bevölkerung wurde weitgehend allein gelassen. Es gab zwar einen Lockdaun, der jedoch die Not der kleinen Händler noch verstärkte. Es gab auch – wie auf den anderen Inseln – Regeln zur Abstandskontrolle, Maskenpflicht, usw. Aber kontrollieren konnte das sowieso niemand. Die Ordnungskräfte waren nicht weniger chaotisch als die Gesundheitsversorger. So machte letztlich jeder, was er wollte und viele machte sich einen Spaß daraus, die ohnehin absurden Regeln bestmöglich zu umgehen.

Es gab immerhin eine gute Idee zur Versorgung akut Erkrankter. Es wurden Notfallpakete verteilt. Hierin befanden sich diverse Medikamente, die auf den bisherigen Erfahrungen mit dem Zackenwurm beruhten: Zink und Vitamin C für das Immunsystem, Acetylcystein zum Schutz der Bronchien und ein gängiges Wurmmittel, auf welches auch der Zackenwurm, zumindest teilweise, zu reagieren schien. Zumindest bei den weniger heftigen Infektionen schien das auch ganz gut zu funktionieren.

Die anderen Inselkönige standen einer solchen Selbstmedikation skeptisch gegenüber. Und nicht nur das. Die Anwendung allgemeiner Wurmmittel wurde sogar streng verboten! Es wäre ja ein neues Medikament in der Erprobung (wesentlich teurer!), aber das würde ja in Kürze auf den Markt kommen und die Erkrankten retten (und die Staatskasse füllen!)!

Trotzdem gab es auch auf der schwarzen Insel zahlreiche Erkrankte, nicht wenige Schwererkrankte und auch eine ganze Menge Todesfälle.

Die anderen bunten Könige schüttelten den Kopf über diese Zustände und rechneten damit, dass die Infektion innerhalb kurzer Zeit die Bevölkerung niedermachen und die schwarze Insel spätestens im nächsten Jahr entvölkert sein würde.

Groß war das Staunen, als nichts von dem eintrat. Die Toten waren tot, die Überlebenden offenbar immun. Teure Tests und Impfungen standen ja dem größten Teil der Menschen sowieso nicht zur Verfügung. Unterm Strich war die Pandemie-Situation auf der schwarzen Insel nicht wesentlich schlechter als anderswo ...

GELBER KAISER

Die Gelbe Insel lag ganz weit im Osten, zur aufgehenden Sonne gerichtet. Manche nannten sie auch die orientalische Insel. Sie war die größte und völkerreichste Insel des Archipels. Die Haut ihrer Bewohner wirkte gelblich-braun. Die Haare waren gelblich-braun und die Augen hellbraun und mandelförmig. Sie vertrugen keinen Alkohol und da einige von ihnen das trotzdem immer wieder probierten, hatten viele ein Leberproblem, was sich als Ikterus, eine noch tiefere Gelbfärbung der Haut und gelbe Augen manifestierte. Sie trugen gerne gelbe Kaftans oder auch gelbe Kleider und Anzüge. Sie wirkten eher still, meditativ, konzentriert und waren extrem diszipliniert.

Die Insel wird regiert vom Gelben Kaiser Ching Der Assa Bumm. Seine Untertanen nannten ihn kurz »Kaiser Ching«. Nur seine offizielle Ehefrau und seine inoffiziellen Konkubinen durften ihn liebevoll »Bummsi« nennen. Kaiser Ching war sicher der härteste Despot des Archipels. Er regierte mit eiserner Hand und ließ keine Widerrede zu.

Es war ihm schon peinlich genug, dass sein Reich der östlichen Mitte als Verursacher der Zackenwurm-Pandemie diskutiert wurde. Jetzt wollte er es besonders gut machen und der Welt zeigen, dass er alles zur Eindämmung der Pandemie beitragen würde. Zunächst wurde jeglicher Reiseverkehr eingestellt sowie der Warenaustausch. Ja, es wurden gar keine Waren mehr produziert, auch wenn dadurch die Volkswirtschaft vorübergehend in die Knie ging. Die Quarantäne-Regeln wurden mehr als streng umgesetzt. Infizierte wurden komplett abgeschirmt, zu Hause oder in Zacken-Gefängnissen. Und alles wurde durch die Ordnungshüter streng kontrolliert. Teilweise wurden ganze Städte und Landschaftsabschnitte unter Quarantäne gestellt, niemand kam rein oder raus. Später wurde geimpft wie der Teufel, auch Jugendliche und Kleinkinder.

Gegen Ende der Pandemie war der Kaiser stolz, dass er durch seine strengen Maßnahmen den Zackenwurm auf seiner Insel ausmerzen konnte. Während alle anderen Inseln versuchten, durch Immunisierungsmaßnahmen die Bevölkerung an den nicht auszurottenden Zackenwurm zu gewöhnen, verfolgte der gelbe Kaiser eine Null-Zacken-Politik. Das ging aber nicht lange gut! Die sonst so unterwürfige Bevölkerung protestierte gegen den sich ewig dahinziehenden Freiheitsentzug, vor allem, weil sie die auslaufenden Maßnahmen auf den anderen Inseln mitbekamen.

Kaiser Ching sah sich gezwungen, umzuschwenken und öffnete Tür und Tor für alle Untertanen. Das führte bei einem Großteil der ja nicht natürlich immunisierten Bevölkerung zu schweren Erkrankungen und nicht wenigen Todesfällen. Und das zu einer Zeit, als im restlichen Archipel schon wieder nahezu »normale« Verhältnisse eingekehrt waren.

GRÜN IST DIE
HOFFNUNG(SLOSIGKEIT)

Die Bewohner der Grünen Insel hatten eher eine blasse Hautfarbe. Je nach Lichteinfall schimmerte sie gelb-grünlich, blau-grünlich oder braun-grünlich. Die Augen waren meist grün und sie färbten gerne Haare und Fingernägel in Grün. Sie trugen grüne Lederhosen und grau-grüne Lodenmäntel. Nicht zu vergessen das hellgrüne Kopftuch oder der dunkelgrüne Jägerhut mit Feder. Sie mochten die oliv-grünen Uniformen der Soldaten und die grasgrünen Uniformen der Ordnungshüter. Es war ein Volk der Dichter und Denker. Die Grüne Insel fühlte sich als Wiege der Kultur, von Wissenschaft und Kunst. Hier wurden berühmte Wissenschaftler geboren, deren Entdeckungen und Erfindungen die Welt immer wieder veränderten. Aber auch ihre Dichtkunst, Malerei und Musik inspirierte die Kulturen des gesamten Archipels. Genauso wie die Orange und Blaue Insel hatten sie in ihrer Geschichte kein Problem damit, ihre Kultur und Ideen mit Feuer und Schwert auf den anderen (unterentwickelten) Inseln durchzusetzen oder diese zu missionieren und zu kolonisieren. Aus den ehemals wilden, freiheitsliebenden und aggressiven grünen Kämpfern waren inzwischen zurückhaltende, übertolerante und angepasste Bürger geworden, die sich immer noch vom schlechten Gewissen über die Fehler ihrer Vorfahren plagen ließen.

Mittlerweile waren sie so angepasst, dass durch die Panik-Propaganda von Regierung und Medien die ehemalige Denker-Nation das Gehirn vorübergehend abschaltete und den gesunden Menschenverstand durch Autoritätsgläubigkeit ersetzte.

Auch King Liar wurde zunehmend verunsichert. Natürlich hörte er auf den »Expertenrat«, die nach vermeintlich objektiven, wissenschaftlichen Erkenntnissen entschied. Aber die Situation wurde zunehmend frustrierender.

»Könnte man doch nur in die Zukunft blicken!«

Heimlich würfelte der König und ließ sich Karten legen. Er freute sich über Kreuz-König und Herz-Dame, erhielt aber keine befriedigende Antwort. Die Kristallkugel zeigte nur grünen Nebel und selbst vom Orakel vom Delfin auf der kleinen Nachbarinsel hörte er nur vieldeutige Andeutungen.

Eines nachts blickte er durch das Teleskop des Hofastrologen Galaxix und ließ sich die derzeitige Sternanordnung, das aktuelle Horoskop, erklären. Er hörte von der gelben Sonne, dem weißen Mond, dem roten Mars, der gelben Venus, dem orangen Jupiter, dem grünen Neptun und von unserem blauen Planeten. Galaxix sprach von kühlen Riesensternen und –der König fand das nicht ganz unerotisch- von Heißen Zwergen und Schwarzen Löchern. Dann wurde es dem Regenten zu bunt und er fragte etwas unwirsch:

– Und was bedeutet das nun?

Galaxix setzte eine denkwürdige Miene auf und erklärte mit strenger, dunkler Stimme:

– Es wird große Veränderungen geben!

– Das ist ja ganz was Neues!, sprach King Liar mit sarkastischem Unterton.

– Das hilft mir aber jetzt wirklich weiter!, drehte sich um und verließ leise fluchend das Observatorium.

– Dann bleibe ich halt bei meinen bewährten Beratern!

Nicht wenige Menschen ließen sich durch die von den Medien geschürte Panik zu Vorratshaltungen und Hamsterkäufen verführen. Das führte zur selbstausgelösten Verknappung einiger alltäglicher, lebensnotwendiger Verbrauchsartikel.

Lustix kommentierte das unterschiedliche –wie er fand- »lustige« Kaufverhalten entsprechend der Mentalität auf den bunten Inseln. Er berichtete schmunzelnd seinem König:

– Auf der Blauen Insel horten sie Rotwein, auf der Orangen Insel Kondome und hier auf der Grünen Insel – Klopapier! Das ist doch glatt für den A …

Da war es für King Lear auch kein Problem, seine strengen Regeln ohne nennenswerten Widerstand durchzusetzen.

Die grüne Insel zählte zu den reichsten, wirtschaftsstärksten und gebildetsten der Insel. Sie hatte ein vorbildliches Gesundheitssystem und ein durchorganisiertes Schul- und Ausbildungssystem.

Zunächst galt es, das schon seit Jahren unterbezahlte und angeschlagene

Gesundheitssystem nicht weiter zu belasten. Es mussten Kapazitäten für die zu erwartende Welle an mit dem Zackenwurm infizierten Patienten geschaffen werden. Arztpraxen wurden angehalten, alle nicht dringlichen Termine und Vorsorgeuntersuchungen auszusetzen oder zu verschieben. Da die vorhergesagte schlimme Welle ausblieb, kam es zu leeren Arztpraxen. Einige Ärzte hielten sich einfach nicht an die Vorgaben – im Nachhinein zu Recht!

Krankenhäuser wurden angehalten, nicht dringliche Operationen und Termine ebenfalls zu verschieben. Halbleere Krankenzimmer und däumchendrehende Pflegerinnen und Ärzte waren die Folge. Zumindest wurden die finanziellen Verluste durch staatliche Förderungen ausgeglichen, wenn auch die Herkunft der plötzlich vorhandenen Dukaten (die je in den Vorjahren offenbar fehlten) vielen ein Rätsel aufgab.

Mehr Geld gab es für die Krankenhäuser, wenn ein bestimmter Prozentsatz der Intensivbetten mit Zackenwurm-Patienten belegt war. Hatte man nicht genug derartiger Patienten, dann konnte man die Zahl der Intensivbetten ja reduzieren und schon war der prozentuale Anteil wieder förderungswürdig. Komischerweise sank die Anzahl der Intensivbetten auf der Grünen Insel mitten in der Pandemie-Zeit, und dass in einer Katastrophensituation! Und so konnten die Medien weiterhin über den statistischen Bettenmangel und das überlastete Personal berichten. Es gab solche Engpässe tatsächlich, aber nur punktuell und keinesfalls inselweit.

Für »pandemiebedingt« Gestorbene gab es ebenfalls mehr Geld als für »normal« Gestorbene. Krankenhausträger wiesen ihre diensthabenden Ärzte an, im Zweifelsfall als Todesursache »Zackenwurm-Infektion« zu schreiben. Erst recht, wenn vorher ein positiver Test vorlag. Es war dann auch egal, ob der Verblichene tatsächlich an der Infektion oder eher mit der Infektion gestorben war.

Lustix, der Hofnarr, hatte mal wieder eine Audienz beim König und seinem Gesundheitsminister:

– Stimmt es, dass Obduktionen, die als ursachgenklärend infrage kommen, verboten wurden? –Natürlich, erwiderte Dr. Leiserix.

– Wir müssen doch unsere Obduktionsärzte vor einer Ansteckung schützen.

Lustix liess nicht locker:

– Geht von Verblichenen mit anderen gefährlichen und ansteckenden Infektionen diese Gefahr nicht genauso aus? Denn sie dürfen weiterhin obduziert werden. Ich könnte mir eher vorstellen, dass die eigentliche Todesursache gar nicht bekannt gemacht werden sollte. Dann geht der Patient in die Zackenwurm-Statistik ein. Das freut den Krankenhausträger und die Politik, die ja die schlimme Todesstatistik braucht, um ihre Maßnahmen zu begründen.

Dr. Medicix, der ebenfalls anwesende, königliche Haus- und Hofarzt fügte hinzu:

– In einer Region der Orangen Insel waren besonders viele Zackenwurm-Toten zu beklagen. Im Nachhinein stellte sich heraus, dass die Todesursache »Zackenwurm-infektion« bei jedem Toten angekreuzt wurde, der (noch lebend) »typische« Symptome zeigte, auch ohne positiven Test! Das ist nun wirklich statistische Manipulation!

Lustix bestätigte:

– Und auch ohne typische Symptome wurde im Totenschein als Todesursache »Zackenwurm-Infektion« angekreuzt, wenn der Test positiv war. Auch wenn sich der Patient das Genick gebrochen hatte …

Die Politik benötigte die Rückendeckung des Gesundheitssektors und der Ärzteschaft. Diese gehörten deshalb zu den großen finanziellen Gewinnern der Pandemie. Die Behandlung Zackenwurm-Erkrankter wurde besser vergütet, es gab Zuschläge für das Vorhalten von Hygiene-Maßnahmen. Rachen- und Nasenabstriche wurden gut bezahlt und später auch das Durchführen der Impfungen. So manche schlecht laufenden Praxen sanierten sich in der Pandemie-Zeit. Viele Ärzte stellten ihren medizinischen Sachverstand zugunsten des zu erwartenden Geldsegens zurück. Zumindest hielten sie sich an ihre Schweigepflicht, nicht nur gegenüber den Patienten. Böse Zungen behaupten, die Politik »kaufte« sich die Unterstützung der Ärzteschaft und die Medizinethik wurde der Geldgier geopfert.

ÜBERKREUZDENKER

Eines Abends saß Lustix, der Hofnarr, zu Füßen seines Königs und seiner Königin und unterhielt sie mit philosophischen Gesprächen. Die beiden Monarchen blickten müde in das Kaminfeuer und hörten dem Hofnarrn mit einem Ohr zu.

– Wir Menschen sind die Krone der Schöpfung, weil wir die einzigen Lebewesen sind, die logisch denken können. Obwohl meine Mutter immer sagte: Überlass das Denken den Pferden, sie haben größere Köpfe ...

Seitdem es Menschen gibt, gab es »Lineardenker« und »Kreuz- und Querdenker«, kurz »Überkreuzdenker« genannt. Die allermeisten Menschen aller Inseln des Archipels gehören zu der ersten Gruppe. Lineardenker folgen dem allgemeinen »Hauptstrom« (»mainstream«), der in der Regel von den anerkannten Autoritäten vorgegeben und über die Medien verbreitet wird. Im politischen Bereich sind es die Könige und Minister, im religiösen Bereich die Priester der momentan unterstützten Religion oder Lebensphilosophie, im wissenschaftlichen Bereich die Universitätsprofessoren und im künstlerischen Bereich die an den Zeitgeist adaptierten Maler, Musiker und Kunstkritiker.

Die meisten Menschen sind froh, wenn ihnen das Denken abgenommen wird und man es den vermeintlichen, jeweiligen »Experten« überlassen kann. Lineardenken ist bequem und man steht auch juristisch immer auf der sicheren Seite. Und auf Partys macht man mit »linearem Smalltalk« auch nichts falsch. Eine Untergruppe der Lineardenker sind die »Paralleldenker«. Sie haben zwar gleichzeitig viele unterschiedliche Gedanken und Ansichten, die jedoch alle auf die gleiche »richtige« »Richtung« »ausgerichtet« sind.

Lustix blickte mit einem Grinsen zum König und seiner Frau auf und fuhr fort:

– Die Autoritäten mögen Lineardenker, denn es sind brave und folgsame Bürger, die sich leicht regieren lassen. Glücklicherweise machen diese die weitaus größte Gruppe der Einwohner aller Inseln aus.

»Überkreuzdenker« sind und waren Menschen, die lineare und parallele Gedanken untereinander verknüpfen und damit einen neuen Gedanken oder eine neue Idee produzieren. Es sind und waren die Kreativen und Innovativen. Überkreuzdenker haben das Rad erfunden, Häuser gebaut und Wildtiere gezähmt.

Ohne sie würden auf allen Inseln die Menschen weiterhin als Jäger und Sammler in Höhlen wohnen. Sie hatten neue philosophische Ideen verbreitet, neue Staatsformen und Religionen geschaffen. Sie hatten die Kulturen der verschiedenen Inseln miteinander verknüpft und neue Kunst- und Musikrichtungen kreiert.

Überkreuzdenker hatten dafür gesorgt, dass die Menschheit sich weiterentwickeln konnte und wir sind ihnen zu großem Dank verpflichtet. Aber mit »Dankbarkeit« hatten sich die Autoritäten zu allen Zeiten schwergetan. Neue Ideen wurden von den lineardenkenden Autoritäten traditionsgemäß erst mal bekämpft! Überkreuzdenker landeten nicht selten auf dem Scheiterhaufen oder in psychiatrischen Anstalten. Nur selten wurden sie zu Lebzeiten honoriert, viele wurden erst nach ihrem Tod »rehabilitiert«. Glücklicherweise hat sich das geändert. Heute wird den Schülern in den Lehranstalten beigebracht, sie mögen doch kritisch und innovativ denken. Einige Firmen wie ein großer Karossenhersteller machen sogar Werbung mit ihren »kreuz- und quergedachten Innovationen«.

Lustix beobachtete, wie King Lear fragend seine Frau anblickte und diese gähnte und ihre hübschen Augen nach oben verdrehte. Nach einer kurzen Pause und einem Schluck vom grünen Wein (Vino Verde) sprach er weiter:
– Mit der Zackenwurm-Pandemie hatte sich die Welt geändert. Natürlich wird offiziell weiterhin kritisches Denken gefördert.

Der König unterbrach ihn:
– Aber es gibt Grenzen! Und diese Grenze sind erreicht, wenn es um die Pandemie geht. Man konnte doch nicht zulassen, dass Überkreuzdenker Millionen Menschen in die Krankheit treiben und Siechtum und Tod verursachen. Und nur, weil sie durch ihre wirren Gedanken die Regierungen und ihre Experten infrage stellen.

Und so bekam ein Wort eine neue Bedeutung: »Überkreuzdenker«? Aus der Lobeshymne wurde ein Schimpfwort! Die Guten wurden zu Bösen! Die neue Devise: Blindes Vertrauen statt gesundem Menschenverstand!

Lustix ließ nicht locker und belehrte das Königspaar:

– Aber die »Überkreuzdenker-Szene« ist bei weitem nicht homogen.

Es gibt anerkannte Wissenschaftler wie Ärzte, Physiker, Mikrobiologen, Professoren, die aus ihrer Sicht und Erfahrung viele der politischen Entscheidungen infrage stellen. Sie wollen den Menschen helfen und den Regierungen sinnvolle Tipps und Vorschläge geben. Sie suchen die Diskussion.

King Liar fuhr dazwischen:

– Dazu haben die Regierungen weder Zeit noch Lust. Sie haben ihre eigenen »Experten« und das reicht. Ich habe entschieden, dass weiterreichende Diskussionen abgebrochen werden und ihre Thesen weder in der »neutralen« Presse veröffentlicht, noch dass diese Wissenschaftler zu öffentlichen Diskussionsrunden (sog. »Talkshows«) eingeladen werden.

Da man die kritischen Wissenschaftler nicht – wie früher – öffentlich hinrichten kann, werden sie öffentlich diffamiert und ausgegrenzt ... oder einfach »totgeschwiegen«.

Lustix war entsetzt über diese Worte und ergänzte:

– Es gibt viele solcher Talkshows in dieser Zeit – leider immer mit den gleichen »Experten«.

Es gibt auch eine kleine Gruppe von Juristen, die mithilfe der geltenden Gesetze gegen einige gesetzeswidrige Entscheidungen der Politik vorgehen wollen. Auch sie werden ignoriert und »kaltgestellt«. Oder landen in der Psychiatrie ...

Der König gähnte und unterbrach ihn:

– Und die »Impfgegner«?

Lustix erklärte:

– Auch hier gibt es Untergruppen. Einige sind grundsätzlich gegen alle Impfungen, andere nur gegen einige Impfungen. Viele sind gegen die neu entwickelten Zackenwurm-Impfungen (siehe unten!). Sie behaupten, die Menschheit werde in einen pharmazeutischen Großversuch getrieben, obwohl noch keine ausreichenden Untersuchungen über Infektionsschutz und Verträglichkeit vorliegen. Diese Gruppe meint, jeder solle sich selbst für oder gegen eine Impfung entscheiden können. Alle sind gegen die viel diskutierten Zwangsimpfungen.

Der König wurde langsam wütend:

–Alles »Verschwörungstheoretiker«! Einige behaupten, dass es den

Zackenwurm gar nicht gebe und dass dies eine Erfindung der Autoritäten sei, um einen Grund zu haben, die Bevölkerung zu drangsalieren. Quatsch!
Andere behaupten, der Zackenwurm wäre absichtlich in die Welt gesetzt worden, um durch die Krankheit oder die Impfungen die Menschen krank zu machen und die Überbevölkerung zu dezimieren. So ein Unsinn!
Wieder andere sehen Geheimgesellschaften hinter der Pandemie. Nicht wir Könige und ihre Regierungen würden das Schicksal des Archipels lenken, sondern eine »Geheimregierung«, die im Verborgenen die Fäden in der Hand habe und uns Kaiser und Könige wie Marionetten tanzen ließe.
Lustix konnte das allerdings auch nicht glauben und bestätigte mit einem breiten Grinsen:
– Da frage ich mich allerdings, ob eine noch so gut organisierte Geheimregierung tatsächlich in der Lage wäre, chaotische Regierungen mit chaotischer Bürokratie und chaotischen Untertanen so unter einen Hut zu bringen.
Ein kleiner Teil dieser Verschwörungstheoretiker glaubte sogar, dass die Könige nur Masken trügen und in Wirklichkeit reptilienartige Außerirdische seien. Das grünliche Schimmern der Haut der Oberschicht der Grünen Insel war doch der beste Beweis dafür ...
König Liars Meinung über all diese scheinbar unterschiedlichen Gruppen war eindeutig:
– Mich interessieren diese Unterschiede nicht! Allen ist gemeinsam, dass sie der offiziellen Meinung nicht folgen wollen und unter der Bevölkerung nur Unruhe stiften. Sie werden mit allen rechtlichen Mitteln bekämpft, von der Presse niedergemacht oder ignoriert. Sie gehören alle in die gleiche »Überkreuzdenker-Schublade«!
So eine Verallgemeinerung ist aber gefährlich! wetterte Lustix,
– Gab es in der Vergangenheit nicht auch schon Zeiten, in denen alle dem Herrscher zujubeln mussten und jede Gegenstimme hart verfolgt wurde?
Dann drehte er sich zum Fenster und sah auf den Dreiviertelmond der glasklaren Nacht und dachte:
– In einer Demokratie wäre das nicht passiert!

SOLIDARITÄT

Die Wissenschaftler arbeiteten fieberhaft. Schon wenige Wochen nach Ausbruch der Pandemie war nicht nur der Zackenwurm als Auslöser entdeckt, sondern auch die Übertragungswege waren weitgehend geklärt.

Und auch die gefährdete Bevölkerungsgruppe war schnell gefunden: die Alten und schwer chronisch Kranken, insbesondere Übergewichtige und Diabetiker. In dieser Gruppe gab es die meisten schweren Krankheits- und Todesfälle. Sie mussten besonders vor einer Infektion geschützt werden. Zu ihrem Schutz wurden Besuchsverbote und Quarantäne-Regeln etabliert.

Auch beim Rest der Bevölkerung gab es schwere Krankheitsfälle und vereinzelt auch Todesfälle, aber viel seltener! Nicht mehr als bei der »normalen« Grippe. Bei gesunden Erwachsenen, Jugendlichen und Kindern verlief die Infektion in der Regel eher harmlos, ja oft sogar unbemerkt. Ihr in der Regel gut entwickeltes Immunsystem schützte sie vor schweren Verläufen.

Das führte auf den verschiedenen Inseln zu unterschiedlich langen Quarantäne-Zeiten, zu unterschiedlichen Abstandsregeln, zu unterschiedlichen Hygieneregeln, zu unterschiedlichen gesetzlichen Vorgaben usw. Diese Vorgaben änderten sich fast wöchentlich und alle mussten aufpassen, die sich ständig ändernden Regeln auch mitzubekommen ...

Beraterix, der langjährige, hagere Berater von King Liar, hatte mal wieder eine Audienz beim Chef, um etwas Positives zu berichten:

– Eure Majestät, es entwickelt sich eine nie dagewesene Solidarität. Damit die Alten und Kranken nicht nach draußen müssen und sich möglicherweise in Geschäften infizieren (was sowieso extrem unwahrscheinlich war), geht man für sie Einkaufen und unterstützt ihre Isolation so gut wie möglich.

Alle rechneten damit, dass die Pandemie (wie jede Grippe) am Ende des Frühjahrs beendet sei. Aber es kam anders, eine Zackenwurm-Welle folgte der nächsten und die ganze Geschichte zog sich über drei Jahre hin. Irgendwann wurden die Menschen solidaritätsmüde.

EINSAMKEIT UND KONTROLLE

So konnte Beraterix bei einer der folgenden Audienzen nur noch weniger Positives berichten:

– Die Alten und Kranken leiden mehr und mehr unter der sozialen Isolierung. Am schlimmsten trifft es die Menschen, die in Pflegeheimen untergebracht sind. Sie dürfen seit Monaten von ihren Verwandten nicht besucht werden und gewohnte Gemeinschaftsveranstaltungen wurden gestrichen. Statt gemeinsamer Mahlzeiten bekommt jeder sein Tellerchen auf dem Zimmer. Trotzdem gibt es hier jede Menge Kranke und Tote.

Wahrscheinlich wird der Zackenwurm vom Pflegepersonal hereingetragen. Deshalb werden Infizierte wurden noch strenger isoliert und von der Außenwelt abgeschnitten. Nicht wenige sterben einsam, ohne den tröstenden Anblick von Kindern und Enkeln.

Später entschuldigten sich einige Politiker für diese überflüssigen und grausamen Gesetzesregelungen. Für die Betroffenen kam das zu spät und es hätte mit ein wenig medizinischem Sachverstand auch anders geregelt werden können.

Da war es für die Alten, die noch im eigenen Heim lebten, schon einfacher. Zumindest ließen sich im häuslichen Bereich die Gesetzesvorgaben nicht so streng kontrollieren.

Einigen Alten ging es allerdings nicht viel besser. Wenn die Anverwandten von der politisch propagierten Angstwelle ergriffen waren, brachen sie freiwillig die Beziehung ab, verzichteten auf Besuche und – noch schlimmer – redeten den Enkeln ein, dass sie schuld daran wären, wenn nach ihrem Kontakt die Oma stürbe. Welcher Enkel wollte das schon und wie viele Kinderseelen plagten sich unnötigerweise mit Schuldgefühlen?

Der Hofnarr Lustix erinnerte sich an die Worte der eigenen Oma:

– Ich bin alt und habe mein Leben gelebt! Lieber sterbe ich an der Zackenwurm-infektion als an Einsamkeit!

Dann wandte sich Lustix an König Liar:

– Kann nicht jeder selbst entscheiden, wie er leben möchte und ob er das Risiko einer Erkrankung auf sich nehmen möchte? Ist es jetzt verboten, zu sterben?

Der König antwortete nicht und Lustix beschloss, seine Mutter und seine Oma trotz allem zu besuchen – mit etwas Abstand! Seine Ahnen dankten ihm für seine Einstellung. Wie Lustix gab es einen Teil der Bevölkerung, die die Regeln für sich eher großzügig auslegten. Wenn sie sich nicht beobachtet fühlten, scherten sie sich wenig um Besuchsbeschränkungen und Abstandsregeln, die immer kurioser wurden. Zeitweise durften sich höchstens drei Menschen treffen. Eine(r) durfte Zwei besuchen, aber Eine(r) durfte nicht von Zweien besucht werden! Diesen oftmals unlogischen Quatsch wollte Lustix nicht mitmachen. Und Weihnachten feierte er verbotenerweise mit seiner halben Sippe, hinter verschlossenen Vorhängen. Einige Mitbürger feierten sogar absichtlich öffentliche Pandemie-Parties, die aber von den Ordnungshütern aufgelöst wurden. Selbst einige Minister wurden Opfer ihrer eigenen Verstöße und so manch einer musste nach einem verbotenen familiären oder kollegialen Treffen seinen Posten aufgeben.

– »Der große Bruder beobachtet Dich!«, zitierte Lustix eines Tages einen Roman der Weltliteratur:

– Ein Nachbar muss mich verpfiffen haben, als ich mich mit drei Freunden – zugegebenermaßen nicht ganz legal – im Park getroffen hatte. Obwohl wir ausreichend Abstand voneinander hatten, hat uns der Ordnungshüter aufgespürt und jeder von uns musste ein paarhundert Dukaten Strafe zahlen! Wir kamen uns vor wie Schwerverbrecher!

Ein neues (eigentlich altes) Phänomen in unserer Gesellschaft ist das Aufblühen des »Denunzianten-Wesens«. Ist es aus Überzeugung von der Gefährlichkeit des nachlässigen und leichtsinnigen Treibens der Nachbarn? Ich glaube, es war eher eine willkommene Gelegenheit für Jemanden, der mir schon lange eins auswischen wollte. Ich kann mir vorstellen, er fühlte sich als der verlängerte Arm des Königs, als inoffizieller Ordnungshüter und Retter der Welt? Auf jeden Fall wird diesen der eine oder andere heiße Tipp gegeben. Viele Ordnungshüter, die zu friedlichen Zeiten ein unscheinbares und undankbares Dasein fristeten, blühen jetzt auf, fühlen sich als »Sheriffs der Nation« und machen sich eine Freude daraus, Gesetzlose zu jagen und ihnen empfindliche Geldstrafen aufzubrummen. Endlich haben sie mal die lange erträumte Macht!

Auf jeden Fall wurde die Gesellschaft in zwei Lager gespalten! Die einen als Opfer der Angst- und Panikmache, die Gesetzestreuen und (ihrer Meinung nach) einzig »Vernünftigen« und die leichtsinnigen, gefährlichen, gesetzlosen und eigentlich vogelfreien »Unvernünftigen«. Die Vernünftigen besuchten nicht die Oma und hielten sich von allen Menschenansammlungen fern. Einigen gingen sogar die Regelungen nicht weit genug. Sie wollten es besonders gut machen und dies auch der Welt demonstrieren. Mancher fuhr dann allein mit Maske auf dem Fahrrad durch den Wald!

Und die Unvernünftigen überlegten bei jeder wöchentlich neuen Regelung, wie man sie am besten umgehen kann, ohne dass es jemand merkt.

Die beiden extremen Lager führten zu Streit und Intoleranz. Familien wurden gespalten, Freundschaften zerbrachen.

Es waren aber keineswegs nur die Alten, die unter Abstandsregeln und Isolation litten. Heimarbeit (»Home office«) war in manchen Berufen einfach durchführbar, in anderen praktisch unmöglich. Einige blühten auf, fühlten sich freier und unabhängiger von den Augen des Chefs und wollten diese Arbeitsweise auch nach der Pandemie beibehalten. Einige waren alleine kreativ und effektiv und arbeiteten besser als vorher. Andere nutzten die Situation aus, um mehr unkontrollierbare Pausen und Freizeit zu machen, waren wenig effektiv und eine eher parasitäre Belastung für die jeweilige Firma.

– Apropos Heimarbeit!, fiel dem Hofnarrn weiter ein.

– Kann sich Eure Majestät vorstellen, welche Probleme berufstätige Väter und Mütter haben? Ich habe mit meinem Cousin Burnoutix gesprochen. Er sagte mir, dass effektives Arbeiten bei nörgelnden, gelangweilten und umherschreienden Kindern nahezu unmöglich sei. Aggressivität und Gewalt mehren sich in manchen Familien.

Mein Freund Singelix lebt allein und hat dieses Problem nicht. Dafür hat er ein anderes. Seit Wochen hat er keine anderen Menschen mehr persönlich gesehen oder getroffen. Er fühlt sich völlig isoliert und leidet schon an Depressionen ...

Jugendliche, die ja überwiegend nicht zur Risikogruppe gehörten, leiden ebenfalls unter der Isolation. Da kommt man in ein Alter, in dem man einen Freund oder eine Freundin kennenlernen möchte! Aber wie?

Die natürlicherweise hochtreibende Hormonwelle fiel der Zackenwurm-Welle zum Opfer. Nichts war wie »früher«. Keine Partys mit Gleichgesinnten, kein Studentenleben!

Und die meisten, ebenfalls »risikofreien« Kinder verstanden die Welt nicht mehr! Keine Schule, keine KITA, kein Spielplatz, kein Treffen mit Spielkameraden! Und das in einem Lebensabschnitt, in dem das Trainieren von sozialen Kontakten lebenswichtig und gesellschaftlich notwendig war. Es gab Heimarbeit bei geschlossenen Schulen. Es gab Kinder, die ihr normales Pensum lernten, aber nur, wenn die Eltern Zeit und Interesse hatten und intelligent genug waren, um mit den Kindern den Unterrichtsstoff durchzuarbeiten. Alle anderen gingen unter, lernten monatelang nichts und waren die altersgemäßen Schlusslichter.

»Alle Kinder sollen die gleichen Bildungschancen haben!« Diese politische Idealvorstellung der Vor-Pandemie-Jahre wurde der Zackenwurm-Ideologie geopfert. Es gab noch nie einen so großen Bedarf an Kinder- und Jugendpsychiatern! Wartezeit 1-2 Jahre!

Und als endlich die Schulen wieder öffneten? Abstandsregeln und Maskenpflicht! Die Mimik des Lehrers und der Mitschüler gehörte zu den wichtigsten zu lernenden Kommunikationsausdrücken. Sie ist wichtig beim Erlernen von Schreiben und Sprechen! Aber mit Maske? Die sowieso nichts brachten?

Die gleichen Kinder, die in der Schule mit Abstand und Masken saßen, spielten nachmittags ohne Abstand und ohne Maske miteinander. Sie infizierten sich ohnehin – mit oder ohne Maske. Und konnten nach einem zumeist harmlosen Verlauf wieder zur Schule gehen!

Und die Könige mussten sich von vielen Eltern, Lehrern, Schülern und Psychiatern die Frage stellen lassen: »Haben uns unterm Strich die Maßnahmen mehr genützt oder geschadet?«

EIN JAHR SPÄTER

Das Jahr 0 p.P. (»Null« post pandemiam = nach der Pandemie) der neu eingeführten Zeitrechnung verlief ziemlich chaotisch. Nach den Karnevalstagen schossen die Inzidenz-Zahlen archipelweit in die Höhe. Es gab viele Infizierte, viele leicht Erkrankte, wenige schwer Erkrankte und einige Tote. Vor allem aber gab es eine Angst- und Panik-Kampagne der Monarchen und ihrer Pressevertreter.

Mehrfach wurde eine Überlastung des Gesundheitssystems angekündigt, welches aber glücklicherweise nie eingetreten ist – zumindest nicht auf der Grünen Insel.

Der Gesundheitsminister Leiserix kündigte in regelmäßigen Abständen neue Krankheitswellen an – zum Herbst, zu Weihnachten, zum Frühjahr. Diese Wellen mussten wegen »Nichteintretens« regelmäßig verschoben werden. Das erinnerte an einige Sekten, die immer wieder den Weltuntergang ankündigen und dann verschieben müssen. Wenn ein Mitarbeiter einer Firma in der freien Wirtschaft ununterbrochen falsche Prognosen von sich gibt, wird ihm wahrscheinlich irgendwann gekündigt. Nicht so in der Politik: Leiserix wurde zum Obersten Gesundheitsminister befördert! Auf allen Inseln wurden mehr oder weniger sinnvolle Maßnahmen beschlossen.

Aber es war Rettung in Sicht – fieberhaft arbeiteten mehrere Firmen an Impfstoffen. Das war aber nicht ganz einfach.

Erstes Problem: die Zackenwürmer verhielten sich nicht so wie die meisten ihrer Ungeziefer-Verwandten. Sie neigten zu Mutationen! Mal waren die Zacken größer, mal kleiner, mal spitzer, mal stumpfer und auch die Farbe konnte sich ändern. Entgegen anderslautender Meinung hatte die Zackenfarbe nichts mit der Häufigkeit des Auftretens auf den gleichfarbigen Inseln zu tun!

Mutationen waren bei Krankheitskeimen nichts Neues. Grippe- und Erkältungsviren mutierten schon seit Jahrzehnten. Und wenn ein Impfstoff gegen einen Virusstamm entwickelt war, dann hatte ihn die Natur schon wieder überholt. Weil es angeblich nichts Besseres gab, wurden die Menschen dennoch mit den nur teilweise wirksamen »alten« Impfstoffen immunisiert. Natürlich auch nur mit dem entsprechenden »teilweise wirksamen« Effekt! Beim Zackenwurm sollte es nicht anders sein!

Zunächst wurde eine Variante A identifiziert. Die Übertragung war seltener, dafür waren die Verläufe heftiger. Wenn man nun glaubte, nach einer Infektion immun zu sein, so wurde man schnell enttäuscht. Die Mutations-Variante B kam ins Rampenlicht und infizierte die Menschen erneut.

Die Zackenwurm-Varianten A und B (bzw. deren Zacken) waren die Vorbilder für die Entwicklung von Impfstoffen. Und noch bevor alle damit geimpft waren, hatte sich die Variante O ausgebreitet. Warum die Wissenschaftler sie als »O« und nicht (in der Reihenfolge) als »C« bezeichneten, war genauso unklar wie die Frage, warum während der »O«-Welle weiter mit den mittlerweile unwirksam gewordenen »A« und »B«-Impfstoffen immunisiert wurde.

Aber die Menschheit hatte Glück: die »O«-Variante war zwar viel infektiöser, d.h. es gab viel mehr Ansteckungen, aber die »Virulenz« war geringer, d.h. es gab viel mehr leichte und harmlose Verläufe. Manche Therapeuten bezeichneten den »O«-Zackenwurm sogar als den eigentlichen Sieger über die Pandemie. Fast alle Menschen steckten sich an – Geimpfte und Ungeimpfte – und entwickelten Antikörper, d.h. sie entwickelten eine Immunität. Und das mit leichten oder teilweise kaum merklichen Krankheitsverläufen. Danke an den O-Wurm, danke an die Natur, danke an das Universum!

Aber im Frühjahr des Jahres 1 p.P. war es noch nicht soweit. Auf allen Inseln arbeiteten fieberhaft Wissenschaftler und Laboratorien an einem Impfstoff. Und siehe da: Es kamen zu unterschiedlichen Zeiten unterschiedliche Impfstoffe auf den unterschiedlichen Inseln auf den Markt. Die unterschiedlichen Inseln hatten unterschiedliche Zulassungsverfahren und so wurden unterschiedlichsten Menschen die unterschiedlichsten Impfstoffe verabreicht. Und wenn man glaubte, die unterschiedlich gebeutelten Inseln müssten in einem solchen Fall mal zusammenarbeiten, so wurde es dennoch wie immer: ein schwarzer oder gelber Impfstoff wurde auf der grünen Insel noch lange nicht zugelassen und anerkannt – und umgekehrt.

– Das verstehe ich nicht! wetterte Lustix, der Hofnarr, und sprach zum König:

– Es geht doch um Menschen und deren Gesundheit. Sollte nicht jeder Idee, bei der die Hoffnung auf Linderung von Leiden besteht, Aufmerksamkeit geschenkt werden? Dann müssten logischerweise die auf anderen Inseln entwickelten Impfstoffe auch bei uns zugelassen werden. Ich habe von Dr. Alternix gehört, ein Wissenschaftler und Apotheker der grünen Insel, der nach einem einfachen Verfahren sehr preiswert einen Impfstoff hergestellt hat und ihn in einem heroischen Selbstversuch bei sich, seiner Familie und seinen Angestellten getestet hat. Die Geimpften hatten hohe Antikörper-Titer und zeigten eine hervorragende Immunität! Dr. Alternix wollte nicht einmal Geld für seine Entwicklung und stellte die Herstellungsformel den Behörden umsonst zur Verfügung!

King Liar nickte erfreut:

– Dann werden die Behörden diese Idee sicher schnell aufgegriffen und geprüft haben!

Lustix lächelte jetzt nicht mehr:

– Die Behörden haben Dr. Alternix angeklagt, weil er ohne behördliche Erlaubnis Impfstoff hergestellt und angewendet hatte. Es wurde ihm verboten, diese Entwicklung fortzusetzen und unerlaubt Patienten zu behandeln!

Der König murmelte nachdenklich in seinen Bart:

– Ich weiß nicht so recht. Also irgendwie werden die Gesundheitsbehörden schon recht haben. Schließlich kann ja nicht jeder machen, was er will! Ich halte mich da raus ...

Lusterix erhob seinen Becher Wein:

– Es lebe die Bürokratie!

Und fügte leise hinzu:

– In einer Demokratie wäre das nicht passiert!

EIN IMPFSTOFF – ZACK, ZACK ...

Neue Wege wurden beschritten. Es wurde unter anderem ein Impfstoff entwickelt, der auf anderen Prinzipien beruhte als alle bisher bekannten Impfstoffe. Eigentlich war es ja gar kein Impfstoff im klassischen Sinn. Es war eine Art »Umprogrammierung« (Manipulation?) der Gene, die nach Injektion dieses »Stoffes« angeregt wurden, selbst »Wurmzacken« zu produzieren. In einem zweiten Schritt würde das Immunsystem dann Antikörper gegen diese »Auto-Wurmzacken« bilden. Diese Antikörper sollen dann die echten Zackenwürmer – wenn sie denn dann durch eine Infektion in den Körper gelangen – vernichten. Es werden allerdings nur die Zacken angegriffen. Aber das reicht. Wie soll denn ein Zackenwurm ohne Zacken im Organismus überleben? Wie lange und in welchen Mengen die umprogrammierten Gene dann Zackenwurm-Antigene produzieren, würde man dann schon merken. Und ob was diese Zackenwurm-Antigene dann sonst noch im Körper veranstalten, wusste man zu diesem Zeitpunkt auch noch nicht!

Zweites Problem: die Zeit lief davon! Und damit die Gefahr von immer mehr Infektionen, Schwerkranken und Toten! Die Entwicklung eines neuen Impfstoffs dauerte in der Regel bis zu acht Jahren. Schließlich musste die Wirksamkeit über mehrere Jahre bewiesen, zum anderen mussten die potentiellen Nebenwirkungen beobachtet werden. Ein Impfstoff ist nicht ein Medikament, was einem Kranken verabreicht wird. Ein Impfstoff ist eine Substanz, die völlig gesunden Menschen gegeben wird, um eine mögliche Krankheit zu verhindern. Deshalb sind die Anforderungen an eine gute Verträglichkeit hier besonders hoch. Schließlich will man nicht gesunde Menschen krank machen. Das Ziel ist es, bei einem gesunden Menschen mit einer hohen statistischen Wahrscheinlichkeit die Gesundheit zu bewahren. Erste Lösung: Impfstoffe wurden in Rekordzeit von wenigen Monaten entwickelt und produziert. Châpeau an die Wissenschaftler! Da die Könige zum Wohle ihres Volkes an den Impfstoffen interessiert waren, wurden

den forschenden Firmen aus der Staatskasse Geldmittel und andere Vergünstigungen zur Verfügung gestellt.

Zweite Lösung: statt acht Jahren nur wenige Monate Entwicklungszeit. Die neuen Impfstoffe wurden an einigen tausend gesunder Menschen ausprobiert und für gut befunden. Es wurde eine »vorläufige« Zulassung von den Gesundheitsbehörden erteilt.

Um die Impfstofffirmen zu motivieren, wurde ihnen per Gesetz jegliche Verantwortung für eventuelle Nebenwirkungen genommen. Das gab es noch nie zuvor! Hohe Gewinne ohne jegliches Risiko. Es wurden hohe Abnahmemengen vereinbart, da die Regierungen davon ausgingen, dass sich fast jeder Untertan impfen lassen wollte.

Als im Februar des Jahres 2 p.P. die ersten Impfungen auf den Markt kamen, jubelten Könige und Gesundheitsexperten.

Eine kleine Gruppe von Wissenschaftlern und Experten äußerten Bedenken. War es nicht ein groß angelegtes Experiment an Millionen von Menschen? War die Impfung wirklich effektiv und sicher? Genau würde man es erst nach einigen Jahren wissen ...

Kaum waren die Impfungen auf dem Markt wurden die ersten Hundertjährigen geimpft. Danach Menschen über 90, über 80 und die Schwerkranken.

Der Hofnarr Lustix machte böse Scherze:
– Wenn einige davon von der Impfung krank werden oder daran sterben, kann man es wenigstens auf das hohe Alter oder die Grunderkrankungen schieben!

Aber die meisten Alten und Kranken vertrugen die Impfung ohne große sichtbare Probleme und schon ging es weiter mit jüngeren Menschen und den »gefährdeten Berufsgruppen« wie Medizin- und Pflegepersonal, Polizei und Feuerwehr, usw.

König Liar ließ über alle Medien verkünden:
– Die Impfung ist der einzige Weg aus der Pandemie. Wenn erst einmal 80% des Volkes geimpft ist, können wir alle Maßnahmen zurückdrehen und unsere Freiheit wiedererlangen.

 Denkste! Es kam alles anders als geplant. Die Wirkung der ersten beiden Impfungen war schon nach drei Monaten verpufft, so dass schnell über eine Auffrischung (»Booster«) nachgedacht wurde. Diese Booster-Impfung sollten möglichst alle nach sechs Monaten (?) bekommen. Und die gefährdeten Gruppen sollten ihren Impfschutz regelmäßig (?) auffrischen lassen! Manche ließen sich – freiwillig – 4 oder 5mal impfen, und wurden trotzdem krank …

Die Empfehlung wurde auch zu einem Zeitpunkt ausgesprochen, als sich aufgrund einer Mutation die O-Variante durchgesetzt hatte. Und gegen diese Variante war der Impfstoff sowieso wirkungslos. Trotzdem wurde er zu dieser Zeit empfohlen. Warum?

Später wurden neue »angepasste« Impfstoffe (die auch die O-Variante enthielten) entwickelt. Natürlich sollte sich jeder damit »auffrischen« lassen, auch wenn man lange schon von der relativen »Harmlosigkeit« der O-Variante wusste.

Der Immunexperte Dr.Immunix schlug vor:

– Es gibt eine einfache Methode, um festzustellen, ob jemand durch eine frühere (vielleicht unbemerkte) Infektion oder durch eine Impfung schon immun gegen eine neue Infektion ist: die »Antikörper-Bestimmung«!

Menschen mit hohen Antikörper-Titern gelten wissenschaftlich als immun und benötigen keine Impfung! So machen wir das bei der Hepatitis-Impfung schon seit vielen Jahren. Medizinisches Personal braucht nur dann eine Auffrischimpfung, wenn der Viren-Antikörper-Titer niedrig ist. Und Schwangere mit hohen Röteln-Titern gelten auch als nicht gefährdet. Obwohl eine Tetanus-Impfung alle zehn Jahre empfohlen wird, lassen einige Patienten ihre Antikörper bestimmen. Hier stellt man fest, dass oft auch noch nach zehn oder sogar zwanzig Jahren hohe Antikörper-Titer vorliegen, so dass die Auffrischungsimpfung hinausgezögert werden kann. Warum soll das bei der Zackenwurm-Impfung anders sein?

Dr. Leiserix, Oberster Gesundheitsminister und Sprachrohr der »offiziellen« Meinung, stellte klar:

– Antikörperbestimmungen werden nicht empfohlen! Sie werden auch nicht als Grund für eine Impfverweigerung anerkannt!

Lustix der Hofnarr schrie dazwischen:

– Warum nicht?

Dr. Leiserix wurde etwas verlegen und versuchte sich aus der unangenehmen Situation herauszuwinden:

– Es gibt noch zu wenig Studien! Wir wissen noch nicht mit welchem Antikörpertiter eine eventuelle Immunität korreliert. Es sind noch zu viele Fragen ungeklärt …

Lustix hakte nach:

– Und wie war das in den Impfstoff-Zulassungsstudien? Wurden da nicht auch die Antikörpertiter der Testkaninchen, ääh Probanden herangezogen? Dafür waren die Titer wohl gut genug?

Dr. Immunix musste sich jetzt erst mal den Schweiß von der Stirn wischen und tief durchatmen, dann fuhr er fort:

– Wenn jemand bereits von früheren Infektionen oder Impfungen hohe Antikörper-Titer hat, so ist die Wahrscheinlichkeit von Nebenwirkungen deutlich höher. Es ist auch nicht »lege artis« in eine schon bestehende Infektion hinein zu impfen. Eigentlich müsste jeder vor der Impfung einen Schnelltest bekommen! Ich hatte einige Patienten, die wenige Tage nach der Impfung eine Zackenwurm-Infektion bekamen. Hatten wir da in eine schon bestehende latente Infektion hineingeimpft? Das könnte den Infektions-verlauf deutlich verschlechtern!

Lustix kam aus dem Staunen nicht heraus und fragte nach:

– Und warum machen die Impf-Ärzte das mit? Haben sie denn kein schlechtes Gewissen dabei? Oder wird die Impfung zu gut bezahlt?

Er blickte aus dem Schlossfenster auf den Sieben-Achtel-Mond und stöhnte:

– In einer Demokratie wäre das nicht passiert!

NOCH EIN JAHR SPÄTER

Nachdem der Sommer und Herbst des Jahres 1 p.P. einigermaßen glimpflich verlaufen waren, kam im November der große Schock. Die Inzidenz-Zahlen schnellten in die Höhe und ein Krisenstab folgte dem anderen.

Das Versprechen von King Liar wurde zur Farce.

– Die Impfung ist der einzige Weg aus der Pandemie. Wenn erst einmal 80% des Volkes geimpft ist, können wir alle Maßnahmen zurückdrehen und unsere Freiheit wiedererlangen.

Beraterix, das langjährige »Gewissen« des Königs war nicht mehr so blass wie am Anfang der Pandemie. Offenbar hatte er die neue Freizeit auch zum Sonnenbaden genutzt. Jetzt beschwerte sich beim König:

– Nun sind 80% der Bevölkerung geimpft und was haben wir? Höhere Inzidenz-Zahlen als vor einem Jahr, mehr Infektionen als je zuvor. Nix mit Freiheit! Mehr Einschränkungen!

Mancher musste lachen, wenn die Situation nicht so ernst gewesen wäre.

Beraterix dachte nach:

– Die Voraussagen der Experten sind nicht eingetroffen. Die Strategie hat nicht funktioniert. Jetzt gibt es zwei Möglichkeiten.

Die Erste: Wir bleiben bei der (un)bewährten Strategie und geben noch eins oben drauf: Verschärfung der Maßnahmen und Erhöhung der Impfquote! Vor allem strenge gesellschaftliche Ausgrenzung aller Ungeimpften!

Die Zweite: Wir ändern die Strategie und nutzen die Erfahrung der letzten Monate bei uns und bei den Nachbarinseln.

Entgegen dem Rat seines Beraters entschied sich King Liar für die erste Möglichkeit.

Erstens: Verschärfung der Maßnahmen: Besuch von Restaurants, Museen usw. nur noch für Geimpfte mit zusätzlichem Test (3G plus, siehe unten!)

Zweitens: Forcierung der Impfquote, noch mehr psychologischen Druck auf Ungeimpfte, Impfzwang für bestimmte Berufsgruppen.

Beraterix wurde zum ersten Mal in seinem Leben wütend:

– Das verstehe ich nicht. Die letzten Monate haben doch gezeigt, dass die Maßnahmen nichts bringen! Der König der Orangen Insel hat vor lauter Angst vor den hohen Inzidenz-Zahlen einen erneuten Lockdaun verhängt. Ergebnis: noch höhere Inzidenzen als auf den anderen Inseln ohne Lockdaun! Die Bevölkerung wird langsam mürbe von den sinnfreien Verordnungen und macht in vielen Bereichen einfach nicht mehr mit.

Auf einigen Inseln hat man trotz hoher Inzidenzen alle Maßnahmen gestrichen und die »Freiheit« wieder eingeführt. Getestet werden jetzt nur noch Patienten mit Symptomen.

Das Gesundheitssystem wurde auch hier nicht überlastet, weil inzwischen alle Welt wußte, dass die O-Variante in über 90% der Fälle harmlos verläuft.

Die Anwesenden fragten sich, ob denn der König diese Informationen nicht erhalten hätte. Beraterix fuhr fort:

– Und die Impfungen? Sie haben offenbar geholfen, schwere Verläufe zu vermeiden. Sie haben nichts gebracht, um Infektionen zu verhindern. Die Inzidenzen sind nach fast einem Jahr Impfkampagne so hoch wie nie zuvor.

King Liar wurde nachdenklich:

– Dann hat ja die 3G-Regelung auch nichts gebracht!

Anmerkung des Verfassers: G1 = nur Geimpfte werden reingelassen, G2 = Geimpft oder Genesen, G3= Geimpft oder Genesen oder Getestet, G4 = Geimpft, Genesen, Getestet und/oder Gestorben

Beraterix fuhr zur Hochform auf und bestätigte:

– Wie wir sehen, hat sie gar nichts gebracht. Aber das war von Anfang an klar! Alle wussten, dass ein Geimpfter oder Genesener sich auch infizieren und damit andere anstecken kann. Den Geimpften wurde eine Pseudo-Sicherheit vorgegaukelt! Und die Impfstoffe wurden bezüglich der Infektiosität auch nicht untersucht. Die Zulassung wurde allein darauf beschränkt, schwere Verläufe zu mildern.

Lustix, der Hofnarr, hakte nach:

– Dann waren die G2 und G3-Regelungen ja auch wenig sinnvoll?

Beraterix fuhr fort:

– Medizinisch waren diese Regelungen Unsinn! Politisch waren sie gewollt! Man musste den Leuten ja die Impfung schmackhaft machen! Letztendlich ist die 2G plus-Regelung medizinisch sinnvoller. Das heißt, auch ein Geimpfter oder Genesener muss sich einem Test unterziehen und wird nur dann irgendwo reingelassen, wenn auch der Test negativ ist. Damit kann man infizierte Geimpfte und Genesene rausfischen.

Lustix stellte sich dumm und fragte:

– Was ist denn der Unterschied zwischen einem negativ getesteten Geimpften und einem negativ getesteten Ungeimpften?

Immunix, der Immunologe, musste zugeben:

– Medizinisch gibt es keinen Unterschied! Beide sind nicht infiziert und stecken damit auch niemand anderen an. Vorausgesetzt der Test stimmt. Aber das gilt für beide!

Lustix wurde jetzt sarkastisch:

– Politisch ist der Unterschied allerdings riesig. Die Geimpften sind die Guten (auch wenn sie andere infizieren) und die Ungeimpften sind die Bösen (auch wenn sie negativ getestet sind). Sie halten sich nicht an die »Empfehlungen« der Politik und sind damit von vornherein verdächtig!

Jetzt wurde über die neue O-Variante diskutiert. Seit einigen Monaten ist bekannt, dass sie Infektionen im Durchschnitt harmloser verlaufen und schwere, krankenhauspflichtige Fälle nur sehr selten auftreten.

Es war auch bekannt, dass die bisherigen Impfungen gegen die O-Variante so gut wie nicht helfen. Trotzdem wurde vom Gesundheitsexperten-Team eine dritte (Booster-)Impfung mit dem gleichen (unwirksamen) Wirkstoff empfohlen.

– Warum? raunte es erstaunt durch den ganzen Saal.

Lustix schlug eine Antwort vor, während er King Liar einen frechen Blick zuwarf:

– Weil der König in blindem Aktivismus viel zu viel Impfstoff bestellt hat, den er jetzt loswerden muss. Bevor er ihn und damit die Steuergelder in den Müll wirft, wird er lieber den Untertanen verabreicht!

Betretsames Schweigen im Raum.

Lustix wurde nachdenklich:

– Ich frage mich: Was ist das Ziel der Politik?

Dann sah er zum Fenster hinaus, betrachtete den aufgehenden Vollmond und dachte bei sich:

– In einer Demokratie wäre das nicht passiert!

DRITTER BRIEF VON
DR. NATURALIX AN SEINE
GELIEBTE AMORICA

Herzallerliebste Amorica!

Im Sommer und Herbst des Jahres 1pP gab es große Hoffnung. Das Leben hatte sich im ganzen Archipel weitgehend normalisiert und fast alles war wieder möglich: Geschäfte, Restaurants, Kino, Theater, Schulen, Kitas, ... Fast wieder wie vorher, bis auf eine noch mehr oder weniger sinnvolle Maskenpflicht in einigen Bereichen.

Im letzten Winter haben Politik und Medien uns versprochen: mit Impfung und Test-Orgien bekommen wir den Zackenwurm in den Griff. Der Rückgang der Zahlen im Sommer wurde natürlich auf diese Strategie zurückgeführt. Obwohl im Sommer immer die Erkältungskrankheiten zurückgehen ...

Dabei konnte jeder Allgemeinmediziner und jeder normal denkende Mensch (ähnlich wie bei der Wettervorhersage) voraussehen: Im November gehen die Zahlen hoch und im März des darauffolgenden Jahres gehen sie wieder runter (gilt für alle Atemwegsinfekte wie banale Erkältungen, Grippe, usw.). Das war in den letzten hundert Jahren so und wird auch in den nächsten hundert Jahren so bleiben.

Derzeitige Situation:

Im November des Jahres 0 p.P. war niemand geimpft und wir hatten hohe Infektionszahlen, im November des Jahres 1 p.P. sind 80% der erwachsenen Bevölkerung geimpft und die Inzidenz-Zahlen sind die gleichen (oder noch höher).

Fazit:

*Weder die Impfung noch die 3G-Regelung hatten bezüglich der **Infektionsübertragung** irgendeinen messbaren Effekt.*

Der einzige Effekt der Impfung war, dass schwere Verläufe reduziert werden konnten. Deshalb kann eine Impfung bei sehr alten und sehr kranken

Menschen sinnvoll sein. Obwohl auch das mittlerweile umstritten ist. Kinder, Jugendliche und gesunde Erwachsene erkranken nur sehr selten schwer. Deshalb bringt die Impfung bei dieser Personengruppe keine Vorteile, weder für sie selbst, noch für andere.

Die bisherige Strategie der Politik war uneffektiv und teuer und sollte überdacht werden. Aber die uneffektive Strategie wird weiter durchgeführt und sogar noch »verschärft«: noch mehr impfen, noch mehr »G«s.

Die Politik und die Medien wollen nicht ihr Gesicht verlieren. Für die (meisten) Mediziner sind Impfen und Abstriche eine lukrative Geldeinnahme. Die sogenannten »Experten« bestätigen die Strategie mit kaum nachvollziehbaren statistischen (Fehl-)Interpretationen und fragwürdigen medizinischen Fakten. Manchmal frage ich mich, wo diese »Experten« Medizin bzw. Statistik studiert haben.

Die nackten (Infektions-)Zahlen ohne Bezug zur Anzahl der Testungen sind schwer zu interpretieren. Wenn man – wie Anfang des Jahres 0pP – nur symptomatisch Erkrankte testen würde, käme man auf viel »bessere« Zahlen.

Meine Meinung zur Zackenwurm-Impfung:

1. Die Impfung verhindet bzw.reduziert schwere Verläufe! Möglicherweise richtig!

2. Die Impfung schützt mich vor einer Infektion! Falsch!

3. Die Impfung schützt andere davor, dass ich sie infiziere! Falsch!

4. Ein Geimpfter und ein Ungeimpfter haben beide einen negativen Test. Wer ist gefährlicher? Keiner von beiden! Richtig!

5. »Die Impfung ist effektiv und sicher!« Eine Behauptung von Politik und Medien!

Effektiv?

Sie schützt in Einzelfällen möglicherweise vor schweren Verläufen. Sie schützt weder vor Infektionen, noch vor der Übertragung und damit der Weiterverbreitung. Sie schützt wahrscheinlich nicht vor den zu erwartenden Mutanten. Der Schutz hält kaum länger als 4 – 5 Monate an. In einem »normalen« Zulassungsverfahren wäre der Impfstoff wahrscheinlich durchgefallen.

Sicher?

Es gab noch nie eine Impfung mit so vielen Meldungen über Nebenwirkungen, die Dunkelziffer liegt wahrscheinlich beträchtlich höher. Jedes andere Medikament wäre schon längst vom Markt genommen worden.

Da auch Geimpfte und Genesene sich infizieren und auch die Zackenwürmer übertragen können, war die **G3-Regelung** (entweder **geimpft** oder **genesen** oder **getestet**) sowie auch die **G2-Regelung** (entweder **geimpft** oder **genesen**, das negative Testergebnis reicht nicht!) medizinisch **unsinnig**.

Der praktische Vorteil für die Menschen war, dass der ausgefüllte Impfpass alle Türen auf allen Inseln geöffnet hat.

Aber Vorsicht: Da diese Maßnahmen nicht griffen, wurde die **G2 plus-Regelung** (entweder **geimpft** oder **genesen, plus** ein negativer Test) eingeführt. Damit öffnet der Impfpass nicht mehr automatisch alle Türen! Schade! Es ist aber **medizinisch sinnvoll**. Denn – wie wir wissen – kann auch ein Geimpfter oder Genesener Würmer in sich tragen und verbreiten! Der negative Test schließt eine akute Infektion (und damit die Infektiosität) mit hoher Wahrscheinlichkeit aus (allerdings: kein Test ist hundertprozentig sicher! Ein Restrisiko bleibt!). Wenn man diese Tatsache – nicht politisch, sondern medizinisch – weiterdenkt, so kommt man darauf, dass ein negativ getesteter Ungeimpfter eigentlich den gleichen Status wie ein negativ getesteter Geimpfter haben müsste.

Das wird die Politik (und die konformen Experten) natürlich nicht zugeben, denn man benötigt ja einen Buhmann für das Versagen der politischen Strategie: die Ungeimpften. Dabei werden alle in einen Topf geworfen: Impfverweigerer, Zackenwurm-Leugner, Rechtsradikale und Verschwörungstheoretiker. Wäre hier nicht im Sinne der »freien Meinungsäußerung« etwas mehr Differenzierung angesagt (haben wir mal in der Schule gelernt)?

Aber immerhin haben die Politiker aus der Vergangenheit dazugelernt und wiederholen nicht die hirnlosen Bestimmungen der vorherigen »Lockdauns« wie das Tragen von Masken im Freien, das Schließen von Parks, Wäldern, Stränden, Spielplätzen, Schulen, KITAS, usw.

Wer profitiert von Impfungen und G's?

1. Politiker: ja, sie können als »Macher« und Krisenmanager auftreten!

2. Medien: ja, sie haben genügend Stoff, Ihre Spezialität: Angstmachen

3. Experten: ja, aber nur mit der »richtigen« Expertise (warum kommen immer nur die gleichen zu Wort?)

4. Alte Menschen, Schwerkranke und Gefährdete: höchstwahrscheinlich ja

5. Junge und gesunde Menschen: nein

6. Mediziner: teilweise, die einen klagen über die hohe (unnötige) Belastung, die anderen freuen sich über den Geldsegen

7. Wirtschaft, Kunst, freie Meinungsäußerung, sozialer Frieden, gesunder Menschenverstand: mmmh?

8. Pharmaindustrie: mmmh (viele Milliarden Dukaten Umsatz)

Hier das Zitat eines Leiters eines Gesundheitsamts, mit dem ich gesprochen hatte: »Wir befolgen die politischen Vorgaben, soweit das machbar ist. Der medizinische Sachverstand hat seit der Zackenwurm-Pandemie ausgesetzt.«

Leider muss ich mir die Frage stellen: Sind die Politiker nur »dumm«, oder steht tatsächlich eine Absicht hinter soviel medizinischen Ungereimtheiten? Kritisieren können viele, aber wer würde es besser machen? Was würde ich tun, wenn ich König wäre?

1. Abstandsregeln und Maskenpflicht nur in öffentlichen, geschlossenen Räumen

2. Keine Maskenpflicht im Freien und im Unterricht

3. Testpflicht bei Großveranstaltungen (unabhängig vom Impfstatus)

4. Impfung nur für Gefährdete (sehr alte und sehr kranke Menschen)

5. Keine allgemeine Impfpflicht

6. Ausführliche und ehrliche Aufklärung der Bevölkerung über mögliche Risiken und den erwarteten Nutzen der Impfung

Alles andere ist Freiheitseinschränkung und Panikmache!

Und die Bestimmungen mit den vielen G's musst Du Dir auch nicht merken. Da kommen viele nicht ganz mit und außerdem ändern sich die Regelungen wöchentlich!

Liebe Amorica. Bitte entschuldige die etwas harten Formulierungen, aber manchmal kocht der Ärger in mir hoch und äußert sich in spontanem Schreibgekotze!

Ich hoffe, Dir geht es unter den gegebenen Umständen gut und ich freue mich schon jetzt darauf, Dich (hoffentlich) bald wieder in meinen Armen zu halten!

Dein Dich liebender

Naturalix

UNERWÜNSCHTES

Dr. Leiserix, der Oberste Gesundheitminister, ließ immer wieder über die Presse verkünden:

– Mit häufigen Testungen und einer hohen Durchimpfungs-Quote bekommen wir die Pandemie in den Griff. Die Impfung schützt zwar nicht gegen Infektionen, kann aber schwere Verläufe verhindern. Sie ist wirksam und (fast) nebenwirkungsfrei! Eigentlich sollten alle Bürger geimpft werden, egal welchen Alters. Am wirksamsten wäre eine allgemeine Impfpflicht!

King Liar hörte dem Gesundheitsminister aufmerksam zu, hatte aber auch die immer häufiger werdenden Berichte über Impfreaktionen und –nebenwirkungen im Kopf.

Über eine allgemeine Impfpflicht wurde heftig diskutiert und der König beschloss, alle Minister und Staatsangestellten mit abstimmen zu lassen. Insgeheim rechneten der König und sein Gesundheitsminister mit einer großen Mehrheit für die Impfpflicht. Schließlich gab es kaum öffentliche Gegenstimmen gegen die offizielle politische Richtung aus diesen Reihen.

– Und wie war das Ergebnis der Abstimmung?, fragte Lustix, der Hofnarr.

– Dr. Leiserix wurde immer leiser und musste zugeben:

– Wir waren alle sehr erstaunt über das Ergebnis der geheimen Abstimmung. Sie fiel eindeutig gegen die Impfpflicht aus.

– Waren die Regierungsangestellten doch nicht so überzeugt von der öffentlichen Meinung?, hakte Lustix jetzt etwas sarkastisch nach.

– Hatten sie vielleicht selbst keine Lust, sich und ihre Familien impfen lassen zu müssen? Plagte sie das schlechte Gewissen einer folgeträchtigen Fehlentscheidung? Warum hatten sie den Mund nicht aufgemacht? Hatten sie Angst, dass ihre Staatskarriere damit beendet wäre?

Schließlich entschloss sich King Liar, Vertreter aller Facharztrichtungen einzuladen und ihre Praxiserfahrungen zu hören. Um den großen, runden Tisch saßen Ärzte aller Fachrichtungen. Der König begrüßte das Plenum und der Gesundheitsminister ergriff das Wort. Nach dem allgemeinen Einleitungsgeplänkel kam er rasch zur Sache:

– Wie wir alle wissen, ist die Zackenwurm-Impfung gut wirksam und gut verträglich. Trotzdem erreichen uns immer wieder Nachrichten von angeblich unerwünschten Impf-Nebenwirkungen. Wir haben Sie als impfende Allgemein- und Fachärzte eingeladen, uns von Ihren persönlichen Praxiserfahrungen zu berichten. Mir ist klar, dass Sie nur von Reaktionen berichten können, die im zeitlichen Zusammenhang mit einer Impfung aufgetreten sind. Ob diese wirklich kausal mit der Impfung zusammenhängen oder ob sie nur zufällig zeitlich zusammengefallen sind, mag zunächst einmal dahingestellt bleiben. Das könnte das Thema einer zukünftigen Studie sein.

Ich hoffe, dass Sie alle Verdachtsfälle über unerwünschte Reaktionen beim zuständigen Gesundheitsamt gemeldet haben. Auch wenn das mit –zugegebenermaßen – viel Bürokratie und oftmals unangenehmen Nachfragen verbunden ist. Eine Reaktion wird sowieso nur dann als Impfschaden in Betracht gezogen, wenn sie kurz nach der Impfung auftritt und 6 Monate oder länger anhält. Symptome, die erst später auftreten, können natürlich nicht als Impfschaden anerkannt werden. Außerdem ist uns allen wohl klar, dass der kausale Zusammenhang bewiesen werden muss. Ist das der Fall, dann zahlt der Staat auch eine adäquate Entschädigung.

Allgemeines Gemurmel im Saal. Leiserix schob seine Brille wieder richtig auf die Nase, blickte streng in die Runde und ermunterte die Ärzteschaft.

– Nun zunächst einmal frei heraus. Über welche angeblichen Nebenwirkungen haben Patienten geklagt oder welche Symptome würden Sie auf die Impfung zurückführen?

Betretenes Schweigen.

Dann meldete sich Dr. Pulmonix, der Lungenarzt:

– Der Zackenwurm wird ja über die Luft übertragen. Eigentlich soll die Impfung ja die bekannte Lungeninfektion verhindern. Einige Patienten scheinen aber eher über zu reagieren. Ich habe Fälle, die nach der Impfung Atemnot oder asthmatische Beschwerden bekommen haben. Auch Allergien scheinen wieder häufiger aufzutreten. Patienten, die wir in der Vergangenheit erfolgreich behandelt hatten, klagten wieder verstärkt über Pollen-, Hausstaub- und Tierhaarallergien.

Dr. Dermatix, der Hautarzt bestätigte:

– Auch Hautallergien, Ekzeme und Neurodermitis sind nach der Impfung wieder schlimmer geworden. Mehrere Patienten mit Psoriasis (Schuppenflechte), die nach erfolgreicher Behandlung jahrelang stabil waren, klagten wieder über heftigste Haut- und Gelenksymptome ...

Jetzt meldete sich auch Dr. Gastrix, der Magen-Darm-Spezialist:

– Einige Patienten klagten nach der Impfung über Übelkeit, Durchfall, Verstopfung oder Koliken. Nahrungsmittelallergien und –unverträglichkeiten nehmen wieder zu. Bei einigen Patienten mit chronischen Darmentzündungen oder Divertikulitis wurden die Symptome wieder schlimmer.

Dr. Gynokix, der Frauenarzt, fiel ein:

– Die Impfung scheint auch das Hormonsystem zu beeinflussen. Einige meiner Patientinnen klagen über neu aufgetretene Zyklusstörungen wie Periodenschmerzen, fehlende oder zu stärke Periode. Bedenklich finde ich die Impfempfehlung für schwangere Frauen. Nebenwirkungen sehen wir vielleicht erst nach 9 Monaten ... oder 9 Jahren ... Was wir jedoch jetzt schon beobachten, ist, dass die Zahl der Totgeburten angestiegen ist!

Dr. Kardiolix, der Herzspezialist, ergänzte:

– Es gibt eine ungewöhnliche Häufung von Herzmuskel- oder Herzbeutelentzündungen nach der Impfung. Manche bekommen Herzschwäche oder Herzrhythmusstörungen. Einige klagen über Kreislaufstörungen oder Blutdruckschwankungen. Eine erhöhte Thromboseneigung steht ja sogar im Beipackzettel. Das könnte die Gefahr von Herzinfarkten oder Lungenembolien erhöhen. Ich bin mir nicht sicher, ob nicht auch einige Todesfälle auf eine Herzbeteiligung hinweisen könnten.

Dr. Arthrix, der Orthopäde, berichtete spartanisch:

– Verschlimmerung einer bestehenden Arthrose durch Aktivierung der Entzündungsvorgänge nach der Impfung. Meine Meinung! Gehäufte »Rheuma-Schübe« wie chronische Muskel- und Gelenkschmerzen. Meine Beobachtung!

Dr. Neurolix, der Nervenarzt, erklärte:

– Zackenwürmer haben eine hohe Affinität zum Nervensystem. Dadurch auch der Geruchsverlust durch Beeinträchtigung des Riechnervs. Aber auch die Impfung scheint das Nervensystem belasten zu können. Wir beobachteten in unserer Praxis in zeitlichem Zusammenhang mit der Impfung Kopfschmerzen, Migräne, Trigeminusneuralgie, aber auch Rückenschmerzen und sogar Lähmungserscheinungen und Muskelschwund. Auch psychische Auffälligkeiten habe ich beobachtet wie Gedächtnisstörungen und Ängste.

Dann meldete sich Dr. Immunix, der Immunologe:

– Jede Impfung ist ein Eingriff in das Immunsystem. Das ist ja auch gewollt. Das Problem ist, dass manche Immunreaktionen relativ schnell nach einer Impfung auftreten, andere jedoch Wochen oder Monate brauchen. Und dann wird es immer schwieriger, solche Reaktionen als Nebenwirkung einer weit zurückliegenden Impfung anerkennen zu lassen.

In meinem Patientengut habe ich den Eindruck, dass latente Virusinfektionen nach der Impfung »reaktiviert« werden. »Schlafende« und »inaktive« Viren, die sich bei den meisten Menschen im Körper befinden und vom Immunsystem in Schach gehalten werden, werden sozusagen »aufgeweckt« und können nun zusammen mit dem Zackenwurm allerlei Reaktionen hervorrufen.

Der Oberste Gesundheitsminister Dr. Leiserix verzog das Gesicht:

– Zum Beispiel?

Dr. Immunix fuhr fort:

– Die Kombination von Zackenwurm mit Herpesviren führt zu Lippenbläschen oder Gürtelrose. Herpesviren belasten das Nervensystem, deshalb sind auch neurologische Erkrankungen nicht ausgeschlossen.

Die Kombination mit Coxsackie-Viren kann Herzentzündungen verursachen.

Die Zackenwurminfektion in Kombination mit dem Epstein Barr-Virus (Pfeiffer'sches Drüsenfieber) führt zu chronischer Müdigkeit, Infektanfälligkeit und Abwehrschwäche. Bei einigen Patienten vermute ich sogar das Verschlimmern von Autoimmunerkrankungen, einer Überreaktion des Immunsystems, wie die Hashimoto-Schilddrüsenunterfunktion, die Colitis, chronische Darmentzündungen oder schweres Gelenkrheuma. Ich beobachte auch eine Verschlechterung von Krebserkrankungen, möglicherweise durch eine Schwächung oder Blockade des Immunsystems. Ich kenne Krebspatienten, die fest davon überzeugt sind, dass sich nach der Impfung der Krebs erst entwickelt habe oder bei einer schon bestehenden und »verkapselten« Erkrankung ein schlimmes Rezidiv aufgetreten sei.

Der König hatte interessiert zugehört. Der Gesundheitsminister war nervös geworden und stotterte in die Runde:

– Vielen Dank, liebe Kollegen!

Aber eigentlich sind es alles – zugegebenermaßen etwas gehäuft auf-
getretene – Symptome, die vielerlei Ursachen haben können. Der zeitliche
Zusammenhang mit der Impfung kann auch Zufall sein. Ein Beweis für eine
Kausalität ist es ja noch lange nicht!

Dr. Naturalix, der Allgemeinarzt und Naturheiler, meldete sich jetzt:

– Natürlich ist das kein wissenschaftlicher Beweis. Gehäufte Beobachtungen
vieler Fachärzte machen einen Zusammenhang mit der Impfung aber
immerhin sehr wahrscheinlich!

Und was machen die Kollegen jetzt mit den Patienten? Schulmedizinisch
kann man nur symptomatisch behandeln! Ansonsten bekommen sie ein
tröstendes »Abwarten und (Kräuter-)Tee trinken«! Es wird schon wieder
besser werden! Leider wird es nicht immer besser ...

Die Patienten werden ja geradezu in die Hände von Alternativmedizinern
getrieben! Und viele berichten, dass dadurch ihre Beschwerden gelindert
oder sogar »weg-gebeamt« (sprich: weg-gebiimt) werden konnten.

Wenn man ursächlich behandeln will, kann man Nosoden oder
Resonanzgeräte einsetzen! Hier stellt man eine »Gegenschwingung«
her, die ...

Die Stimme von Dr. Naturalix ging im allgemeinen Gelächter der Kollegen
unter und es waren nur noch Wortfetzen zu hören: »unwissenschaftlich«,
»medizinischer Humbug«, »nicht bewiesen«.

– Aber es hilft! Und die Patienten kommen ... schrie Dr. Naturalix, bis seine
Stimme im allgemeinen Gemurmel unterging.

Der König erhob die Hand und alle verstummten. Jetzt erteilte er seinem
Gesundheitsminister wieder das Wort:

– Leider hat mich diese Versammlung nicht viel weitergebracht. Bis zum
endgültigen Beweis des Gegenteils gilt die Impfung weiterhin als effektiv und gut verträglich. Sie sollte auch in Zukunft – zumindest für die
Risikogruppen – weiterhin empfohlen werden. Aber wir werden allen
»ernsthaften« Verdachtsfällen von Nebenwirkungen nachgehen und bei
erfolgtem »Beweis« des ursächlichen Zusammenhangs die Geschädigten
finanziell »entschädigen«.

Damit wäre die Mediziner-Versammlung beendet gewesen, aber der
Gesundheitsminister hatte noch eine Frage:

– Was ist eigentlich mit dem neuen Anti-Zackenwurm-Medikament »Rettmichectin«, welches unsere Forscher in mühevoller Arbeit entwickelt

haben und welches ich über die Presse allen Ärzten und Betroffenen ans Herz gelegt habe. Es wird kaum verschrieben und fristet in den Apotheken sein Dasein als Ladenhüter.

Auch hier wusste Immunix eine Antwort:

– Erstens wirkt es nur, wenn es in den ersten zwei Tagen einer Infektion eingesetzt wird. Und auch dann kann es nicht die Krankheit verhindern, sondern bestenfalls einen schweren Verlauf reduzieren. Da man den weiteren Verlauf nach zwei Tagen noch nicht absehen kann und schwere Verläufe bei der jetzt vorherrschenden O-Variante sowieso selten sind und die Impfung schwere Verläufe zusätzlich noch verhindern soll, besteht bei kaum einem Patienten eine Indikation für den Einsatz von »Rettmichectin«.

Zweitens gibt es bei dem Medikament jede Menge Wechselwirkungen mit anderen Medikamenten. Es darf beispielsweise nicht zusammen mit vielen Herzmedikamenten, Blutdruckmitteln, Cholesterinsenkern usw. eingenommen werden. Und gerade die alten und sehr kranken Patienten nehmen ja solche Medikamente. Welcher Arzt wird bei dieser Gruppe ein lebenswichtiges Herzmedikament weglassen, um ein neues, fraglich nötiges Medikament bei diesen Patienten einzusetzen?

Damit war die Medizinerversammlung nun endgültig beendet und die Presse blieb bei ihrem Urteil, dass schädliche Nebenwirkungen bei Impfungen und Medikamenten nur äußerst selten »bewiesen« wurden.

Lustix, dem Hofnarrn, der in einer Ecke saß und die Versammlung aufmerksam verfolgt hatte, blieb nur ein verständnisloses Kopfschütteln. Er blickte durch das Fenster auf den abnehmenden Halbmond, während er murmelte:

– In einer Demokratie wäre das nicht passiert!

BRIEF VON AMORICA AN
DR. NATURALIX

Mein geliebter Naturalix!

Es tut mir so gut, von Dir zu hören. Und es tut mir gut, dass wenigstens Du mich verstehst! Ich fühle mich noch einsamer, nachdem mein ganzer Freundeskreis auseinandergebrochen ist. Aufgrund ihrer unterschiedlichen Meinungen reden sie kaum noch miteinander.

Meine Freundin Alfa und ihr Mann Beth sind ängstlich, vertrauen dem Staat und seinen Experten und haben sich schon fünfmal impfen lassen. Und ihr dreijähriges Kind ebenfalls. Angeblich haben sie es gut vertragen und würden auch jederzeit eine Auffrischung machen.

Meine Freundin Gamma hat die Impfung schlecht vertragen, sie sagt, sie wäre seitdem immer müde und nicht mehr leistungsfähig. Sie kennt andere mit noch viel schlimmeren, neu aufgetretenen Symptomen. Sie will sich auf keinen Fall eine Auffrischungsimpfung geben lassen.

Meine Freundin Delta wollte sich nicht impfen lassen und hat sich ihren Impfpass auf dem Schwarzmarkt besorgt, damit sie Restaurants und Konzerte besuchen und reisen kann.

Am meisten tut mir meine Freundin Eta leid. Sie wollte sich nicht impfen lassen und hat ihren Beruf als Krankenschwester verloren, obwohl diese zurzeit dringend benötigt werden. Lange Zeit kam sie gar nicht mehr aus dem Haus. Nette Nachbarn gingen für sie das Nötigste einkaufen. Glücklicherweise hat sie einen Garten mit Terrasse und konnte bei dem schönen Wetter die frische Luft genießen. Ungeimpfte werden komplett aus der Gesellschaft ausgegrenzt. Sie dürfen nicht in Geschäfte gehen, keine Hotels oder Campingplätze benutzen, keine Museen besuchen, nicht ins Theater und nicht ins Kino!

Aber am allerschlimmsten ist der Effekt dieser politischen Gehirnwäsche bei ihrer eigenen Familie. Ihre Mutter redet nicht mehr mit ihr, auch nicht ihre Nichten und Neffen.

Sie fühlt sich völlig isoliert und alleingelassen.

Dabei lässt sie sich laufend testen. Wenn sie negativ getestet ist, geht von ihr doch viel weniger Gefahr aus als von einem nicht getesteten Geimpften (der ja durchaus infektiös sein kann!).

Warum werden solche Menschen wie die schlimmsten Verbrecher behandelt, nur weil sie eine andere Meinung vertreten als die Politik und der »Mainstream«?

Ich wünsche mir Toleranz! Ich wünsche mir gegenseitigen Respekt! Ich wünsche mir, dass Geimpfte und Ungeimpfte wieder an einem Tisch sitzen und zusammen essen und feiern dürfen.

Aber Änderungen sind in Sicht. Immer mehr Maßnahmen werden zurückgefahren. Auf vielen Inseln wurde die Maskenpflicht aufgehoben. Auch die Quarantäne-Regeln wurden aufgeweicht. Einige Inseln haben sogar beschlossen, den Zackenwurm einfach zu ignorieren. Dabei kommt es zu merkwürdigen, eigentlich komischen und sinnfreien Verhaltensweisen. Wenn ein Schiff beispielsweise von der Orangen Insel ablegt, muss niemand eine Maske tragen. Werden die Hoheitsgewässer der Grünen Insel (auf der noch die Maskenpflicht besteht) erreicht, muss jeder eine Maske aufziehen, auch wenn man neben den gleichen Mitreisenden sitzt. Verrückt, oder?

Ich hoffe, dass das Ganze bald vorbei ist und wir wieder unsere frühere Freiheit genießen können, ohne Maske und Impfpass! Und dann können wir uns wieder treffen und uns in den Armen liegen ...

Deine Dich liebende

Amorica

P.S. Weißt Du, was mit den zuviel bestellten Masken, deren »Verfallsdatum« erreicht ist, passieren soll? Sollen sie tatsächlich für viel Geld vernichtet werden? Warum schenkt man sie nicht einfach Menschen in anderen Katastrophengebieten. Eine »abgelaufene«, aber noch wenigstens teilweise wirksame Maske ist doch besser als gar keine ...

DAS ENDE DER PANDEMIE

Hatten bei Ausbruch der Zackenwurm-Pandemie noch viele geglaubt, der Spuk wäre nach wenigen Monaten vorbei, so mussten sie sich eines Besseren belehren lassen. Drei Jahre lang hielt der Parasit das gesamte Archipel in seinem Bann. Und verschwunden war er immer noch nicht. Und wahrscheinlich wird er auch nie komplett verschwinden! Aber die Welt des Archipels hatte gelernt, mit ihm umzugehen, bzw. mit ihm zu leben, genauso wie die Menschheit im Laufe der Evolution mit vielen anderen Erregern »zusammenleben« lernen musste. Mittlerweile hatten sich fast alle Menschen mindestens einmal (viele mehrmals) mit dem Zackenwurm infiziert und die Krankheit durchgemacht, Geimpfte und Nicht-Geimpfte. Die allermeisten hatten harmlose Verläufe, hatten aber ausreichend Antikörper bilden können, um immun zu sein. Zumindest gegen die jeweils aktuelle Variante. Eine vollständige Immunität konnte und wird es nie geben, da damit zu rechnen ist, dass immer wieder neue Varianten durch Mutationen auftreten werden. Das ist von den Grippeviren ja schon seit Jahrzehnten ausreichend bekannt.

Natürlich trauerte man über die Toten und die vielen Long-Zacken-Erkrankten, die auch Monate nach Ende der Pandemie noch unter Symptomen litten. Das gleiche galt den Post-Impfungs-Erkrankten.

Das Ende der Pandemie wurde von King Liar im Frühjahr des Jahres 3 p.P. offiziell über alle Medien verkündet und mit einem großen Bankett im Königsschloss feierlich begangen. Endlich konnten sich mal alle wieder ohne Mindestabstand, ohne Maske, ohne vorherige Testung und ohne Impfkontrolle an einem großen Tisch gegenübersitzen, reden, diskutieren, lachen und singen – wie in alten Zeiten.

Die Staatsoberhäupter aller Inseln waren eingeladen, um dieses Ereignis zu feiern. Der Saal glitzerte nur so von den vielen goldenen Kronen auf den Monarchenhäuptern.

Die Eiskönigin trug ein brokatbesetztes, langes, weißes Kleid und ihr schweres Diamanten-Collier. Ihr Mann, der Eisprinz, einen schicken, weißen Anzug und eine weiße Krawatte.

König Pizzo trug einen ebenfalls sehr schicken, blauen Anzug und seine Königin Pizza ein tief ausgeschnittenes, blaues Kleid mit einer Saphir-Kette.

König Macaroni hatte einen orangen Umhang und Madame Royale ein enges oranges Kleid mit einer Feueropal-Kette.

King Donut kam im schicken, roten Jogging-Anzug und seine Partnerin Donutella in engen roten Jeans und durchsichtigem T-Shirt mit einer Rubinkette.

Der gelbe Kaiser Ching trug würdevoll seinen goldgelben Umhang und seine Lieblings-Konkubine Yoni (seine Frau war noch in Quarantäne wegen einer spät aufgetretenen Zackenwurm-Infektion) einen hautengen, gelben Kimono mit einer Jade-Kette.

Schließlich kam King Lumumba im schwarzen Smoking mit schwarzer Krawatte und seine kleine, vollschlanke Queen trug ihr »Kleines Schwarzes«, ein hautenges Minikleid mit großzügigem Dekolleté und einer schwarzen Perlenkette.

Alle saßen herrschaftlich in bunter Reihe am langen, grünen Tisch.

King Liar im grünen (Nacktschnecken-)Mantel und Queen Greeny im verführerischen, tief ausgeschnittenen grün-metallic Abendkleid und ihrer glänzenden Smaragd-Kette saßen am Kopfende der langen Tafel, umringt von ihren Ministern und den Vertretern der Presse. Am anderen Ende des Tisches durften auch »Experten« und Staatsangestellte sowie der Hofnarr an der Feier teilnehmen.

King Liar erhob sich und es wurde still im Saal:

– Liebe Freunde, Kollegen und Untertanen! Hiermit erkläre ich offiziell die Pandemie für beendet. Es war eine schwere Zeit für uns alle. Ich danke meinen Mitarbeitern und Beratern, ich danke aber vor allem allen Mitbürgern, die trotz aller Schwierigkeiten den Regeln gefolgt sind und mitgeholfen haben, dass wir am Ende doch gesiegt haben. Die danke allen, die Individualität zurückgestellt und persönliche Opfer dargebracht haben. Es war auch für mich, meine Minister und die Regierungen aller Inseln eine bisher nie dagewesene Herausforderung, die wir am Ende jedoch gemeistert haben. Ohne mich selbst loben zu wollen, kann ich mit Stolz sagen: Wir haben alles richtig gemacht!

Tosender Beifall! Standing Ovation! Nachdem das Händeklatschen nach mehreren Minuten langsam verstummt war, meldete sich Lustix, der Hofnarr, zu Wort:

– Eure Majestät, geehrte Minister und Experten! Eigentlich haben Sie fast alles falsch gemacht!

Ein Raunen ging durch den Saal und alle drehten sich empört dem Spielverderber zu. Man hatte sich auf einen schönen Abend eingestellt – mit Wein, Mann, Weib und Gesang – und hatte überhaupt keine Lust auf kritische Bemerkungen. King Liar wollte schon abwinken, besann sich aber auf die im ganzen Reich geltenden Gesetze, nachdem ein diplomierter und beamteter Hofnarr das Recht hatte, an Jedem und an Allem Kritik zu üben. Lustix fuhr fort:

– Zunächst das Positive: Unsere Wissenschaftler waren schnell. Nicht einmal drei Wochen nach Beginn der Masseninfektionen war klar: Es handelte sich um eine Mutation eines bekannten Wurms, der besonders aggressiv die Atemwege und das Nervensystem befiel. Auch die Übertragung war schnell bekannt. Enger und längerer Kontakt in geschlossenen Räumen. Auch die besonders betroffenen Risikogruppen waren schnell herausgefunden – sehr alte und sehr kranke Menschen. Bei den meisten Patienten verlief die Infektion nicht viel anders als die alljährliche Grippe.

Nun das Negative: Eigentlich hätte jedermann erwartet, dass die rasch vorhandenen wissenschaftlichen Erkenntnisse als Basis aller politischen Maßnahmen dienten. Weit gefehlt! Die Politik entwickelte einen unkontrollierbaren Aktivismus mit einer nie dagewesenen Eigendynamik. Die meisten Maßnahmen waren völlig willkürlich und entsprangen weder den medizinischen Erfordernissen noch dem gesunden Menschenverstand.

Der König trommelte mit seinen Fingern nervös auf dem Tisch, verzog das Gesicht, setzte eine ernste Miene auf und herrschte den Hofnarrn an:

– Nun werde er doch mal was konkreter!

Lustix ließ sich nicht beirren. Er schaute mal zum König, mal in die Runde der geladenen Gäste und mal auf sein Blatt, auf dem er sich offenbar Notizen gemacht hatte.

– Erstens: die Abstandsregeln und die Anzahl der sich treffenden und besuchenden Personen waren völlig willkürlich. Sie wurden kaum eingehalten und waren kaum wirksam.

Zweitens: Besuchsverbote alter Menschen und einsames Sterben widersprachen jeglichen humanitären Regeln.

Drittens: der Lockdaun war in dieser Form völlig überflüssig und hat auch nichts gebracht. Er hat viele Menschen ins Unglück gestürzt, Pleitewellen hervorgerufen und der Wirtschaft und dem Staat extrem geschadet.

Viertens: Das Schließen von KITAs, Schulen und Universitäten war völlig unnötig, hat Familien belastet und Kinder und Jugendliche in die Hände der Psychiater getrieben

Fünftens: Die Impfungen waren viel zu wenig untersucht. Sie haben keine Ansteckung verhindert und die Dynamik der Pandemie überhaupt nicht beeinflusst. Nicht wenige bisher gesunde Menschen wurden aufgrund erheblicher Nebenwirkungen zu chronischen Patienten gemacht. Vielleicht hatte die Impfung bei sehr alten und sehr kranken Menschen schwere Verläufe verhindern können. Das Impfen von gesunden Erwachsenen, Jugendlichen, Kindern und Schwangeren war ein Verbrechen. Und Impfzwang das noch größere Verbrechen.

Sechstens: Am schlimmsten für mich war die systematische Diffamierung aller Andersdenkenden. So eine Tyrannei und Hirnwäsche hat es bei uns seit Generationen nicht mehr gegeben. Haben wir denn garnichts aus der Vergangenheit gelernt?

Und dann fügte er mit einem frechen Augenzwinkern laut hinzu:

– Siebtens: In einer Demokratie wäre das nicht passiert!

Jetzt hielt es Leiserix, den Obersten Gesundheitsminister, nicht mehr auf seinem Stuhl:

– Das ist eine unakzeptable Unterstellung! Es war auch für die Regierungen eine völlig neue Situation, die in dieser Form noch nie dagewesen war. Auch wir mussten unsere Erfahrungen sammeln. Wir alle haben nach bestem Wissen und Gewissen gehandelt. Dabei haben wir sicher auch Fehler gemacht. Einige Maßnahmen – da gebe ich Ihnen recht – waren übertrieben, wenig nützlich und haben eher der Sache geschadet. Dafür möchte ich mich auch im Namen meiner Mitarbeiter hiermit bei allen betroffenen Menschen aufrichtig entschuldigen.

Lustix blieb hart:

– Entschuldigung nicht angenommen!

Das ist mir doch etwas zu einfach! Sie machen den größten Blödsinn, schaden der Bevölkerung und das einzige Kommentar ist: Entschuldigung, das wollten wir nicht. Aber wir konnten nicht anders. Wir wussten es nicht besser ... Sie hätten es besser wissen müssen, da alle wichtigen Informationen von Anfang an bekannt waren.

Die Frage, die sich hier stellt, muss doch lauten: Dummheit oder Absicht?
Dummheit wäre schlimm – wären Sie dann auf dem richtigen Posten? Absicht wäre noch schlimmer! Dann muss man sich fragen, in welcher Form haben Sie denn profitiert von der Situation?

Der König unterbrach ihn unwirsch:

– Das reicht jetzt! Halte er den Mund!

Hofnarr hin oder her! King Liar rief seine Wachen herbei und ließ Lustix abführen!

Dann ergriff er seinen Kelch mit dem grünen Wein und prostete allen im Saale zu:

– Auf unseren Erfolg!

Alle Anwesenden nahmen einen großen Schluck von dem köstlichen Wein, schwelgten im 7-Gänge-Menue und ließen sich von Musik, leicht bekleideten Tänzerinnen und bunt gekleideten Akrobaten ablenken.

Die Pressevertreter diskutierten leise in einer Ecke. Zeitungix flüsterte Telefix ins Ohr:

– Wir sollten – schon aus eigenem Interesse – weiter die Politik unterstützen. Wir werden einfach nicht mehr über die Pandemie berichten. Die Menschen haben ein kurzes Gedächtnis. »Aus den Augen, aus dem Sinn!« Wir werden sie einfach ablenken mit Berichten über Kriege, Wirtschaftsprobleme, Erdbeben, Klimakrise, ...

Telefix machte einen strengen Gesichtsausdruck und flüsterte zurück:

– Jetzt im Sommer gehen die Leute auf Reisen, genießen ihre wiedergewonnenen Freiheiten und freuen sich des Lebens. Aber spätestens im Herbst wird unser Gesundheitsminister die nächste Horror-Mutation des Zackenwurms vorhersagen und zumindest alle Risikogruppen zu einer Auffrischungsimpfung aufrufen. Und dann ist diesbezüglich unsere Arbeit wieder gefragt!

Lustix saß in seinem Kerker und sinnierte:

– Gleich wache ich auf und alles war nur ein böser Alptraum! Aber haben Märchen nicht immer ein gutes Ende? Und wenn ich nicht gestorben bin ...

Er schaute durch das vergitterte Fenster in die stockdunkle Nacht. Es war Neumond und die Sterne funkelten, als er bei sich dachte:

– In einer Demokratie wäre das nicht passiert!

DER AUTOR

Der Autor ist Arzt mit langjähriger Erfahrung in eigener Praxis mit harmonischer Verbindung von Schulmedizin und Komplementärmedizin. Bei seiner Arbeit und während vieler Reisen lernte er die unterschiedlichsten Kulturen und Lebensphilosophien kennen und hält sich selbst für einen optimistischen, lebensbejahenden, fantasievollen, offenen und kritischen Menschen mit gesundem Menschenverstand.

DANKSAGUNG

Ich bedanke mich herzlich bei allen »Probelesern«, die mich mit Anregungen und Kritik inspiriert haben; insbesondere bei meiner Frau, meinen Söhnen und Schwiegertöchtern, sowie bei Ursula und Rainer, Uli, Ralf, Elke und Werner, Sabine und Olle, Tina und Marcel.